尾道
神様の隠れ家レストラン
忘れた記憶、料理で繋ぎます

瀬橋ゆか Sehashi Yuka

アルファポリス文庫

JN095858

https://www.alphapolis.co.jp/

第一章　入家テスト

「儂《わし》の正体を当てられねば、この娘にはこの屋敷から出て行ってもらう」

季節は五月、初夏の差しかかり。一ヶ月前から住まわせてもらっている園山《そのやま》家の屋敷の中で、私は面と向かってそう言われ――部屋の空気が静まり返った。

発言の主は、私よりも背の低い少年だった。白い水干《すいかん》に濃い緋色の狩袴《かりばかま》。滑らかな長い黒髪を後ろに垂らし、五色の紐でひとくくりにしている、見慣れない少年。

「ええと……」

「おい。今更出てきて、それはないだろう」

少年の言葉を受けてたじろぐ私の横に、ずいと神威《かむい》さんが進み出る。

凛《りん》とした目を鋭くすがめる彼の表情は、その整った造形も相まって凄みが増していた。

「この家の当主は俺なのに、何でお前が出てくる」

「儂を敵に回すか、人神よ」

「敵に回すかどうかとか、そういう問題じゃない。何で反対なのかって聞いてんだ」

「反対ではない。『見定め』と言っておる」

す、と少年が切れ長の目を細め、一触即発といった雰囲気が漂い始める。翡翠《ひすい》さんも嘉月《かづき》さんも、固唾《かたず》を呑んで状況を窺《うかが》っているようで。一方の私はと言えば、半ば途方に暮れていた。

「あ、あのう……」

これから果たして、どうするべきか。先行き不透明なまま、私は発言の許可を求めて恐る恐る手を挙げる。

――拝啓、天国のおばあちゃん。野一色彩梅《のいしきあやめ》は今、せっかく引っ越してきた『家』から、追い出される危機に直面しています。

そもそも、どうしてこんなことになったのか――その発端《ほったん》は、数時間前に遡《さかのぼ》る。

「ああ、疲れた……」

昼下がりの尾道駅の前で、私はがっくりと肩を落としていた。

園山家の屋敷、つまりは神威さんたちの屋敷に住み始めてから、一ヶ月。私は、新たに始まった大学生活、そして青宝《せいほう》神社とその奥にあるレストランでのアルバイトのやりくりで、少してんてこ舞いになっていた。

何せ、この尾道に越してきて新生活をスタートさせたばかりだったし、ただでさえバイト先では色々非現実的なことが起こるうえ、大学生活という現実的な人生イベントも発生している訳で。

体が重い。足が重い。でも熱は出ていないし、風邪の症状もない。

要するに、ただの疲れだ。

「まだお昼の二時よ。大丈夫？　彩梅」

ふと傍らから声がかかる。

艶《つや》やかな肩までの黒髪に白い肌、うっすらピンク色の唇、切れ長の黒くて大きな目。整った顔立ちの、まごうことなき美少女に顔を覗き込まれ、私はコクコクと頷いた。

彼女は永倉澪《ながくらみお》。大学で必修科目が一緒の同級生だ。とても綺麗な子で、今も白いシャツに黒いワイドパンツというシンプルな格好だけれど、まるでモデルのように見える。

光栄にもあちらから声をかけてきてくれて、こうして一緒に出かけたりもする友達となったけれど。いつ見ても美少女すぎて、見慣れたはずの今でもつい見惚れてしまう。

「う、うん。ぼーっとしててごめんね、澪」

「いや、全然謝ることじゃないけど。とりあえず、午後の講義が休講になってよかったわね。疲れてるなら」

微笑みながら言われた言葉を聞きつつ、私はうんうんと頷いた。

「いやー、ほんとによかった。友達とまたこうして散策できる日が来るなんて……！」

高校時代までの私からは想像もできなかったことだ。何一つ気兼ねせず、不安がらずに友達と外を歩けるなんて。

「え?」

「あ、ううん、なんでもない」

キョトンとした顔をされ、私は慌てて誤魔化し笑いをしながら手を左右に振る。思わず気が抜けていたけど、まさか言える訳がない。

私が『不幸体質』だなんて。

何もしていないのに持ち物が壊れるなんて日常茶飯事だった。他にも何度も詐欺に遭いかけたり、小動物が目の前で事切れたり。周囲に気味悪がられるくらい、色々と「運が悪い」出来事がいつも私の周りにはついて回っていたのだけれど。

今お世話になっているバイト先のおかげで、それもめっきり起こらなくなっていた。

ああ、なんて幸せ……!

「それはそうと……折角だし、アイス最中《もなか》でも食べにいく?」

不幸な目に遭わないで済むありがたさにしみじみと浸る私へ、澪が嬉しい提案をしてくれる。その言葉で、疲れからくるだるさが少し吹っ飛んだ。

「食べる!」

「じゃあ、行きましょうか」

そんな訳で私たちは、尾道駅前から歩き出し、ゆっくり東の方角へ向かう。

左手には、山の斜面に住宅が連なる尾道の街並み。目の前には、商店街の入り口に繋がる道。そして右手へ行った方には、穏やかな瀬戸内海の尾道水道がある。

尾道水道は、本州にある尾道と対岸の向島に挟まれた狭い水路で、「海の川」と呼ばれることもある。

この水道と、大宝山《たいほうざん》・愛宕山《あたごやま》・瑠璃山《るりさん》の「尾道三山」に囲まれた空間には、多くの寺社や家々が密集していて、その間に路地と坂道が張り巡らされている。そんな尾道を代表する景色が、今私の左手にある。

私たちはその反対側、尾道水道の方へ向かう。アーケードから海側の道路沿いへ出たところに、手作りアイスクリームのお店があるのだ。

お店の中に入り、私たちはアイス最中をそれぞれ一つずつ買う。

「これ、すぐそこの海のそばで食べない？」

「いいね！」

澪の提案に私は頷き、わくわくしながら彼女の後を追って海沿いの遊歩道に向かう。

爽やかな海風を感じながらひんやりとしたアイス最中を持ち、ベンチに座ってゆったりとさざ波に揺れる海原を見つめる……うん、なんて至福な時間だろう。

「アイス最中と海って、なんか合うなあ」

綺麗な八角形をした黄色い最中の皮を一口齧《かじ》れば、上品な味わいのとろりとしたたまごアイスが、じんわりと口の中に広がる。

パリッと香ばしい最中の食感と、冷たく滑らかな卵とミルクの味わいのハーモニーがたまらない。コクのある味ながら、アイス自体はのど越し良くさっぱりとしていて、するすると食べられる逸品だ。

「これ、もう一個いけたかも」

「清々《すがすが》しい食べっぷりね」

私の隣では、澪が目を細めながらアイスクリームを齧《くわだ》る。彼女が食べている抹茶アイスの最中も美味しそうで、次はあれにしようと私は密かに企てた。

あまりの美味しさに、あっという間に私たちはアイス最中を食べ終わる。

しばらくのんびりと海原と、その上を飛ぶ白い鳥を眺めていると、ふと澪が口を開いた。

「彩梅、バイト何時からだっけ？」

「あ、ええと、大学終わり次第来れるときになってなってるから、きっちり決まってる訳じゃなくて」

「随分柔軟なバイト先ね」

「そうかも」

まあその代わり、神様やらあやかしやらもやってくる、というか従業員も神様と人神様とあやかししかいない、癖のあるバイト先でもあるのだけど……。そうは言えず、私はこくりと頷いた。

「ま、それなら疲れ取れてから行きなよ」

そう言って空を見上げること数秒。澪はふいに「あ」と呟いた。

「用事あったの忘れてた……ごめんね、私ちょっと行かなくちゃ」

ひょいとベンチから立ち上がり、澪が申し訳なさそうな表情で手を合わせる。

「ごめん、用事あったんだ？　待って、途中まで送ってくよ」

そう言う私の額に、澪はにこりと笑って人差し指をトンと突きつける。そうして私をベンチに座り直させ、彼女はゆっくりと首を振った。

「いいのいいの、彩梅ものすごく疲れてるし、もうすぐそこだから。じゃあ、また明日ね」

「あ、うん、また明日」

私はぼんやりとその姿を見送る。立ち上がらなきゃとは思ったのだけど、確かにどっと疲れがのしかかってきていて、少ししんどくて。

「ちょっと休もうかな……」

私はぼやいて、ベンチの上に座ったまま両目をつぶる。こうしていると、潮風を頬に感じて気持ちいい。

そのままの状態で座ること、約数分ほど。

「……おい、大丈夫か？」

近くで何やら聞き覚えのある声がして、私はぱっと目を見開いた。

「か、神威さん⁉」

白いTシャツに紺の春物のマウンテンパーカー、黒いズボンという出で立《い》ち。そんなシンプルな服でもファッション誌に載れるのではというくらい洗練された青年が、私の目の前に立っている。

「え、あの、どうしてここに」

「食材の買い出しに。あんたは？」

神威さんはひらりと買い物袋を空中で揺らして見せる。

「いや、すみません、今日ラストの講義が休講になったので、ちょっとアイスを食べて休憩していこうと……」

言い訳をし、冷や汗をかきながら立ち上がろうとすると「まだ座ってろ」と止められた。

「いや、神威さんが立ちっぱなしなのに、私だけ座りっぱなしという訳には」

「大丈夫か」

「はい？」

私は首を傾げる。何が？

「具合、悪いのか？」

ぼそりと、そんな声が落ちてきた。私は慌てて声の主である神威さんを見上げる。

「いえいえいえ、具合が悪いっていうほどじゃ」

この状況に既視感を覚えながら、私は慌てて頭を振った。

そう。少し前、この地に来たばかりの頃。私は、神威さんとその仲間たちに助けてもらったことがある。

体が重く、不眠気味で、それでも食欲は異常にあって。今思えば、過食傾向にあったときの話だ。そんな私に彼らは、青宝神社の奥にある不思議なレストラン『招き猫』で、『思い出のメニュー』を作って救ってくれた。

今目の前にいるこの青年は、人間でありながら神格を与えられた『人神』様だった。

彼は人の『思い出のメニュー』と、それにまつわる記憶を読み取ることができる、凄い能力を持っている。その記憶から再現した料理を食べれば、忘れてしまった大切な記憶を思い出せる……という寸法だ。

私もかつてそれに救われたのだけど、今はあのときほど気分はどん底ではない。

「この通り、ピンピンしてますよ！」

さっき、じっと目を閉じて休んだから少し回復したかも。

私は「前へならえ」の先頭のように、腰に手を当て胸を張って、元気さをアピールしてみた。

「顔が疲れてるけどな」

「まじですか」

バッサリと指摘され、私は慌てて自分の頬に手をやる。なんと、不覚。

「疲れている」と指摘された顔を、この美青年にさらすのは忍びない。というより、はっきり言って恥ずかしい。

「神威さんは……疲れてるところですら絵になりそうですよね」

つくづく人生は、不公平だ。

「さっきから何言ってんだ？」

神威さんが深々とため息をつきながら肩を落とす。どうやら呆れさせてしまったらしい。

「疲れてるんだよ、あんた。いきなり環境が変わったしな」

ダメ押しでそう言われ、私は腕組みをしてきゅっと口を引き結ぶ。

「いえ、もっと苦労している人たちはたくさんいますし。私なんて甘ちゃんです。住居も提供してもらってるし、毎日美味しいものは食べられるし、バイトだってさせてもらってますし」

それに、神威さんたちの屋敷に住み込みさせてもらっている費用はアルバイト代から天引きされるので、「払っている」という感覚が薄い。

本当にちゃんと住居費用、差し引いてくれてるんだよね？

そのことを問うと、神威さんは即答した。

「それは心配ない。金銭周りは嘉月が担当だ」

「あ、それは本当に心配ないですね。安心しました」

私は頷きながら、黒縁眼鏡の青年の姿を思い出す。

あの知的な美青年、もとい八咫烏《やたがらす》のあやかしでもある嘉月さんは、なぜか私にだけ厳しい。私に関する計算、絶対に間違えたりしなさそう……。

「それはともかく、『甘ちゃん』じゃないだろ」

「え」

「あんたが色んなことを乗り越えてきたのを俺たちは知っているし、そもそも『自分より他の人の方が』って比べ方は良くない。自分は自分、他人は他人。辛さを比べることに、意味はない」

言葉を切って、神威さんは海原を見つめてまた口を開く。

「そのときの自分だって、確かに『苦しい』んだ。自分を必要以上に卑下《ひげ》するのはやめろ」

普段はあまり積極的に長文で喋らない神威さんが、めちゃめちゃ喋っている。私はその言葉を頭の中でぼんやりと反芻《はんすう》した。

「聞いてるか?」

て頷く。
あまりにぼうっとしているように見えたのか、怪訝《けげん》そうな顔をされてしまった。私は慌

「あ、はい、もちろん」

「いや、『卑下するな』っていうのは言葉が強すぎるな。何と言ったらいいか、こう……」

何やら悩み出す神威さん。どうやらしっくりくる言葉を探して逡巡《しゅんじゅん》しているらしい。

そんなに悩まなくても、誤解しないのに。言いたいこと、伝えてくれようとしたことは、十二分に伝わっているのだから。

優しくて、そして不器用な人だ。本当に。

「よし、疲れ取れました！　お待たせしてすみません、行きましょう」

すっくと私が立ち上がると、神威さんは疑り深そうな目で私をじろりと見下ろした。

「あのー……」

視線にたじろぐ私、落ちる沈黙。

「そんなにすぐ疲れが取れる訳があるか。今日はバイトも休め」

にべもなくそう言ってから、神威さんはすたすたと歩き出した。

「え、あの」

「屋敷に帰るぞ」

顔だけ肩越しに振り返ってそう言われたけれど、そういう訳にはいかない。

「あの、働けますって！」

「休め。帰るぞ」

　長いコンパスでこちらまで数歩で戻り、神威さんが私の肩掛け鞄をぐいと取り上げる。

そして取り付く島もなく、彼は無言で歩き出した。

「神威さん、ちょ、鞄！　自分で持ちますので……！」

　取られてしまった鞄に手を伸ばし、返してくださいと呼びかけながら、私は走って神威さんの後を追いかけた。


　屋敷に帰るとは言いつつも、バイト先である青宝神社に向かうのと屋敷に向かうのとで、実は道のりは一緒だったりする。青宝神社と園山家の屋敷は、全く別の場所にあるはずなのに、だ。

　これには理由がある。最近やっと慣れたけれど、最初は腰を抜かすほど驚いた。

「あ、お帰りー」

「お二人とも、お帰りなさいませ。早かったですね」

　青宝神社の鳥居をくぐると、翡翠さんと嘉月さんが境内を掃除していた。二人とも、白い小袖に水色の袴姿だ。

　茶髪の童顔美少年である翡翠さんと、黒髪の眼鏡イケメン姿である嘉月さん。この二人の袴姿も、いつもながら眼福な光景だ。

これが片や恐ろしいほど長寿の『猫』の神様と、片や千里眼の能力を持つ八咫烏だなんて、何も知らない人から見れば信じられない事実だろう。

……のだけれど、実際この神社で、このメンバーで、私は巫女《みこ》の助務——つまりアルバイトをさせてもらっている。

きっかけは、約一ヶ月前。大学入学を控えた私が、亡き祖母との思い出の地、ここ尾道に来たばかりの頃だ。内心で祖母の死をずっと引きずっていた私は、祖母との記憶や、幼い頃一緒に食べた料理のことも忘れてしまっていた。

しかし神威さんたちの作ってくれた『思い出のメニュー』でそれを思い出し、心から救われた。その後私は、「その不幸体質もなんとかすることができるから」と巫女の助務の話を持ちかけられたのだ。

そう、私の抱えていた不幸体質は、私が『あやかしに愛される体質』であったせいだと分かり。

そんな厄介者の私をこのメンバーは受け入れ、彼らの屋敷で同居までさせてくれている。

「遅くなってすみません。今日もよろしくお願いいたします」

「いや、屋敷に帰れっつっただろ。仕事しようとすんな」

神威さんが私の鞄を持ったまま、私の服の袖を掴んでぐいぐいと社殿の方へ引っ張っていこうとする。

「いえ、仕事します！　バイトさせていただきます！」

「帰れ」

鞄を取り返そうとすると、さらりと体を翻《ひるがえ》される。私が歯噛みしてもう一度不意をついても、結果は同じ。もう何度、この試みに敗れたことか。

「……僕たちはいったい、何を見せられているんでしょうか」

「さあ……痴話喧嘩《ちわげんか》かな？」

「違う」「違います！」

翡翠さんの聞き捨てならない言葉に、鞄を巡って攻防を繰り広げていた神威さんと私は同時に噛み付いた。

「じゃあ何してんの、二人とも」

「具合なんて悪くないのに、神威さんが休めって言うから」

「明らかに不調なのに、こいつが働くって言って聞かないから」

「あーはいはい、分かった分かった」

パンと一度高らかに手を打ち鳴らし、翡翠さんが私と神威さんの言い合いに終止符を打つ。私たちは互いを見遣《みや》ったまま口をつぐんだ。

「まず、彩梅ちゃん」

「は、はい」

にっこりと翡翠さんが満面の笑みを浮かべる。有無を言わさぬ、完璧《かんぺき》な笑みだ。

「土日平日ひっきりなしに掃除やら料理やらお客様たちの相手をして、大学生活もこなして……って、そりゃ誰でもバテるよ。ただでさえ、この神社に来るのは人間だけじゃないし、気力も体力も奪われるんだから。君は働きすぎ」

「いえ、でも」

それは翡翠さんたちも同じでは？

「うん？　休もうね？」

満面の笑みが、更に深くなる。その柔らかな風貌にそぐわない、容赦ないほど鋭い声が彼の口から飛び出してきて、私は思わず言葉に詰まった。

遥か昔、神威さんのご先祖様に神格を与えて『人神』にした、『猫』の神様。そんな彼からぴしゃりと言われれば、黙るしかない。

「返事は？」

「……はい」

普段は飄々《ひょうひょう》としているけれど、いざとなったときの翡翠さんは怖い。怖すぎる。私は完全に気圧《けお》され、こくこくと頷いた。

「うん、よろしいよろしい」

満面の笑みのまま頷く翡翠さんを前に、私の隣にいた神威さんがこちらを横目で見て「ほら見ろ」と呟く。私はキッとその涼しげな顔を黙って見上げた。

「それから神威」

「なんだ」

私とにらめっこをしていた神威さんが、翡翠さんに向き直る。

「あんまり千里眼を嘉月に使わせると、今度は嘉月がバテるよ。ほどほどにしたげて」

翡翠さんの言葉に、神威さんが片眉を少し上げ、そのまま固まった。

私はそんな彼と嘉月さんを見比べる。翡翠さんはいったい、何を言っているのだろうか。

嘉月さんの千里眼は、遠くを見通すことができる力だ。水面など何か景色を映せるものがあれば、そこに見たものを映し、他人に示すこともできる。

そしてその力は人間の体力と同じく、無尽蔵ではない。あまり使いすぎると体力を消耗するのだそうだ。翡翠さんが言っているのは、そういうことだろう。

でも、最近そんなに力を使う場面あったっけ？

「別に、彩梅さんのためじゃないですからね」

「はい？」

「嘉月」

眼鏡を押し上げながら言い放つ嘉月さんの言葉に、私は首を傾げた。

神威さんに睨まれた嘉月さんは、しずしずと詫びの言葉を入れる。

「失礼いたしました、主《あるじ》」

その直後、なぜか私は嘉月さんからちらりと鋭い一瞥《いちべつ》を食らった。

気のせいだろうか。最近、嘉月さんから鋭い視線を食らう頻度がますます高くなっているような……って、ひょっとして。

私はそこで腑《ふ》に落ちたことがあって、ぽんと手を打った。

「ああ、なるほど」

「ん？」

私の隣で、神威さんが片眉をもう一段階、上に上げる。

「いや、タイミング良すぎだと思ったんですよね。私が寄り道したときに限って、街を歩いてる神威さんと会うって」

「……」

神威さんは明後日の方向を向いたまま、無言を貫く姿勢だ。否定しないらしい。

「嘉月さん、私が寄り道しているのを千里眼で知っていたんですよね、きっと……それで」

サボっていると思って告げ口しましたね、と言いかけて私は口をつぐむ。「告げ口したな」という言い方は良くない。そもそもバイト前に寄り道していた私が悪いのだし。

ああ、じわじわと罪悪感が胸に広がる。自業自得だけど。

「『それで』の後、何か失礼なことを考えませんでした？」

げ、思考回路がバレている。私の背中を冷や汗が伝った。

「いえ、あの……寄り道が叱られると思って思考逃避してました。すみません」

「その潔《いさぎよ》い謝り方、正直すぎてちょっと怖いです」

嘉月さんに引かれてしまった。

「というより、なぜそちらに思考がいくのですか……僕はそんなに鬼畜じゃありません」

「え、そうなの？」

「翡翠くんまで同調しないでください」

大きなため息をつき、嘉月さんが鷹揚《おうよう》に腕を組む。

「そもそも、彩梅さんの勤務時間は特に決まっていないのですから。来たいときに来る、でいいんですよ。なんならあなた、大学生が勤《いそ》しんでいる宴会にも行きませんし、課外活動の集まりにも入っていないじゃないですか」

『課外活動の集まり』とは。そのワードに首をひねった数秒後、はたと思い当たって私は予想を口にする。

「ひょっとして、サークル活動のことをおっしゃってます？」

「ああ、それです。どうも若者言葉は苦手で」

サークル活動って、若者言葉なのかな。そんなことをぼんやり思う私をよそに、嘉月さんは大きなため息をついた。

「で。なぜその『さーくる活動』とやらに、入らないのです？」

なぜと言うか、何と言うか。そもそも私がこの地に来た理由の一つは、民俗学や民話に興味があったからだ。尾道にはそうした逸話がたくさん残っていて、それを学ぶためにはどこかのサークルに入るという手もあったけれど。

「青宝神社に居た方が直接色んな話が聞けますし……」

何せ、神様やあやかしが直接やって来るのだもの。

それに、少しでも長く神威さんたちの仕事の手伝いがしたいし。ここに居られる時間を、とてつもなく大事に思っている自分がいるのだ。

「何をブツブツ言ってるんですか。はっきりお言いなさい」

嘉月さんの言葉の端々に、何やらちりっとしたものを感じる。なんだか機嫌が悪いな、と思ったところで思い当たる節があり、私は恐る恐る右手を小さく挙げた。

「あの、ひょっとして、サークルに入った方がいいんですか？」

「ええ。そちらの方が望ましいですね。僕としては」

「何でですか……？」

嘉月さんは「何を分かり切ったことを」と言わんばかりの視線を私に投げかける。

「決まっているでしょう。あなたが課外活動に出れば、神社にやってくる時間が遅くなる。つまり、主との時間をより多く、僕は持てる訳です。あなたよりも」

「はあ」

本当にブレないな、この人。

嘉月さんは神威さんに絶対的な信頼を置き、忠誠を誓《ちか》っている。つまりは『主』第一主義なのだ。そして私は、なぜだか彼にライバル視されている。

「あの、私、身の程知らずにも神威さんを狙っている訳じゃないんですけど」

「ほう？」

どうだか、と言いながらはんと嘉月さんが鼻を鳴らす。

私はため息をついて再度口を開いた。

「神威さんほどの綺麗な人って、少し離れた位置からそっと拝むくらいがちょうどいいんですよ」

「……アイドルのファンですか？　あなたは」

「ええ、それと似たものと思ってくださって結構です……って、神威さんちょっと⁉」

私と嘉月さんのやりとりを聞くのに飽きたのか、彼はいつの間にか社殿の入り口の方まで歩いて行ってしまっていた。全然話を聞いていない。

というか私の鞄、持っていかれたままだ。

「俺は着替えてくる。あんたは屋敷に帰れ」

私の視線に気づいた神威さんはこちらを見ながら、ぴっと社殿の奥を親指で指し示す。

「翡翠、嘉月。連行しろ」

「はいはーい」「承知いたしました」

容赦ない神威さんの言葉に、あっさり従って頷く翡翠さんと嘉月さん。

「じゃ、彩梅ちゃんはこっちね」

翡翠さんが私の服の片袖を引っ張り、社殿の脇にある通用口の方へ足を踏み出す。

意外と彼の力は強く、有無を言わさず私が連行されている間に、嘉月さんは神威さんから私の鞄を受け取ってこちらに向かってきた。

「あの、嘉月さん……鞄、自分で持ちます」

「主命《しゅめい》ですので」

左様でございますか。

「はいはい、こっちこっち」

そのまま翡翠さんに片袖を引かれ、私はパンプスを脱いで社殿の脇から中に上がった。

通用口から木張りの床上に上がると、清浄な気をたたえた神社の社の内部が目の前に広がる。そのまま廊下を進み、いくつかある部屋の前を通過して、私たちは一番奥の突き当たりにある、部屋の襖《ふすま》を開けた。

一見、何の変哲もない畳敷きの和室だ。家具は一つもなく、あるのは正面の大きな押し入れのみ。

「はい、じゃあ屋敷へお帰り」

翡翠さんがずんずんと和室の奥へと歩いていき、勢いそのままに襖の取っ手に手をかけてがらりと両側に引き開ける。

すると、その向こう側には。

私が一ヶ月ほど前から住まわせてもらっている屋敷——神威さんの実家である園山家の一室が広がっていた。

「いやあ、何度見ても不思議ですよねこれ。全然違う場所にある建物同士が繋がってるだなんて！　これなら青宝神社にいても、屋敷に帰ったも同然ですね！」

「彩梅さん、説明口調で誤魔化そうとしても無駄です。大人しく帰りなさい」

「うっ……」

にべもない言葉が嘉月さんから返ってきた。私は恨めしく、青宝神社の社殿と園山家の屋敷を繋ぐ襖を睨みつける。

「さあ、これを」

「あ、ありがとうございます……」

嘉月さんから鞄を返してもらう私の背を、翡翠さんが「じゃあ、一足先に帰ってて」と押す。社殿内の和室から屋敷の和室への境界線をまたいだ私の前で、翡翠さんは襖を閉めていく。

「彩梅ちゃん」

「はい？」

私が振り返ると、彼はにっこりと笑いながら言葉を続けた。

「見つけてあげて。多分、寂しがってると思うから」

「……はい？」

謎の言葉とともにぱたんと襖が閉まり、私は屋敷側の和室に一人取り残される。

今の言葉は、いったい何だったのだろう。

「目的語、完全に抜けてたな……」

欲を言えば、もう少し情報を寄越してほしい。翡翠さんがああいう話し方をするのは結構いつものことで、慣れつつあるけれど。

まあ、もし危ないことなら神威さんたちは事前に忠告してくれるはずだし、大丈夫だろう。たぶん。

私は少し不安になりつつも、自分にそう言い聞かせた。

とりあえず、お休みをもらったとはいえ屋敷にいるのだから何かしなければ。でないとただの下宿人になってしまう。

私は一度、自分に割り当てられた和室に行って鞄を置いてから、屋敷の掃除を始めることに決めた。

「そういえば、この屋敷に一人なのは初めてかも」

黒いパーカーと灰色のスウェットに着替えた私は、廊下を歩きながらそう呟く。一人きりでこの屋敷にいるのは少し……いやだいぶ心もとない。

そう、園山家の屋敷は広すぎるのだ。

その外見はまるで老舗《しにせ》の旅館のよう。周りは石垣が取り囲み、庭には橋が架かるレベルの大きな池があり、木々があり、灯籠《とうろう》もある。

部屋はいくつあるのかも分からない。数えようとしたことはあるけれど、物置部屋を含め十を超えた辺りでしんどくなってやめた。

なぜこんなに無駄に部屋があるのだろうと不思議に思う。これじゃ掃除もやり切れないんじゃないか。

「ともかく、やれるところから掃除しなきゃ」

木目の廊下を踏みしめ、私は一番よく使われている畳敷きの大広間に向かう。そしてその襖に手をかけ、がらりと引き開け――。

「え？」

一瞬、私は自分の目を疑った。足を止めて、まじまじと和室の中心部を見つめてみる。念のため目をこすってみてからもう一度見直してみても、結果は変わらず。

「……だ、誰？」

大広間の真ん中にある座卓の前に、知らない子供がちょこんと座っていた。

その姿はちんまりと可愛らしい。白い水干に緋色の狩袴、そして艶やかな黒髪を後ろで一つにくくっている、小さな子だった。平安時代の貴族の子息みたいな格好だ。

ツンととがった顎《あご》に、妖精のようにあどけない顔立ち。可愛らしいけれど、きりりとした眉と凛とした目、シャープな顔の輪郭からは、少年らしさも窺《うかが》える。

「……おぬし」

その少年は私に気づくとぽかんと口を開け、手に持っていた豆大福を机の上に落とした。

私が机の上に視線を移すと、翡翠さんが今朝十個ほど作って置いてあった豆大福が、あらかた姿を消していた。

しばらく私と見つめ合った後、彼は手元に目を遣り、軽く悲鳴を上げる。

「あああ、落としてしもうた」

大福をゆっくりと拾い上げた後、無言でもすもすと食べ始めた少年に対し、私はやっとのことで声を絞り出した。

「ど、どちら様ですか？」

「……ふむ。ようやく、儂のことが見えるようになったか」

大福を食べる手を止めず、少年は、私の方向を見てはっきりとそう言った。

「おぬし、青宝神社の新入りだろう」

どうやら相手は、なぜだか私のことを知っているらしい。私は恐る恐る頷く。ここは頷くしかない。こちらが固まっていると、彼はやっと食べる手を止めて言った。

「人に尋ねる前に、まず名乗るのが礼儀ではないか？」

「の、野一色彩梅と、言います」

「ほう。得体の知れぬ存在相手に、本名を偽《いつわ》りもせずに答えるとは」

聞いてきたのはそっちじゃ……。

「おぬし、少しは警戒心を持った方が良いぞ。これは助言だ。名前は、大事だぞ」

そう言った直後、彼はぴくりと顔を上げ「む、来客だな」と呟いた。

「雨童か」

彼の口から飛び出てきた名前を聞いて、私は目を丸くする。

「雨童……さん？」

「おう。なんだ、何度か会《お》うておるだろう？」

「いや、それはそうなんですけど」

雨童。雨を司《つかさど》る、あやかしの中でも最高位の層に属するあやかしだ。

私が雨童と初めて出会ったときには、嫌悪の感情を向けられ、拉致《らち》されたり無理難題を出されたりと色々あったものの——駆けつけてきてくれた神威さんたちと私で、彼女の『思い出のメニュー』を作って一緒に食べたことで、和解したのだった。

今ではふらりと私たちのところまで立ち寄ってきて、私に料理を作ってくれと頼んでくるレベルには打ち解けている……のだけれど、今はそんなことよりも。

「なんで分かるんですか？」

まだ雨童の姿は見えていないのに。訝《いぶか》しむ私に向かい、少年はニッと笑う。

「儂は何でも知っておる。知れる範囲は、狭いがな」

「はい？」

「ほれほれ、早く行ってこい」

しっしっと追い払うように手を振られる。私は何が何やら分からぬまま、ひとまず玄関口に急ぎつつ、必死に頭を巡らせた。

——あの子、絶対人間じゃない。

青宝神社でアルバイトをするようになって『あやかし』たちと交流することが増えた私の直感だ。あの目は、ただの小さな男の子の目じゃなかった。あまりに落ち着き払っていて、堂々としていて。

「雨童さんのことも知ってるみたいだったし」

「わらわがどうかしたか？」

声とともに、今まさに開けようとしていた玄関の引き戸が目の前で開く。

「うわあ⁉」

「なんじゃ、その驚き方は。見舞いに来てやったというのに」

藍色の着物に身を包み、艶やかな黒髪と透けるような白い肌をした美女が、ぺしりと私の頭に扇子《せんす》を載せる。

「ほ、本当に雨童さんだ……」

さっきの子が言ってた通り。

そのあやかしは、ほんのりと紅く色づいた小さな口の両端をにんまりと吊り上げた。

「なんじゃ。わらわに会いとうて、幻でも見たかの？」

「いや、『本当の』じゃなくて、『本当に』です。助詞が一個違います」

「……つまらんな」

不服そうにしながら、雨童は勝手知ったる様子で下駄を脱ぎ、屋敷に上がり込んだ。そして迷わずすたすたと歩き始める。

「あの、どちらへ」

「大広間じゃよ。ここには何度も来ておるから、この屋敷の構造はよく知っておる」

「そ、そうなんですね」

なるほどと私が頷いていると、彼女は足を止めてこちらを振り返った。

「で？『本当に』とは、どういう意味じゃ」

「いえ、さっき会った子が言ってた通りだなあって」

「会った子？　そなた以外に誰かおるのか。今日は全員、出払っていると聞いておったが。そなた、強制的に休まされたそうじゃな」

情報の把握が早すぎる。いったいどこから漏れたのかと訝しく思いつつ、私は雨童の藍色の着物の袖を軽く引いた。

「ええとあの、この屋敷に、知らない小さな男の子がいたんです」

しどろもどろになりながら、私は説明してみた。

「ほう？　間者《かんじゃ》や部外者はこの屋敷には入って来れぬはずだろうに」

「え、そうなんですか？」

「むしろ知らんかったのか？　それでよくそこまで落ち着いていられるな。普通もっと騒ぐだろう」

「いや何となく、人間じゃないだろうなと思いまして」

それに、雨童のことも、私が青宝神社の新入りだということも知っているようだし。雨童か青宝神社の面々のうち、誰かの顔見知りなのかもしれないと思ったのだ。

「ふむ。まあ、見てみるか」

　あっさりと頷き、雨童は悠々と歩を進める。

　流石《さすが》は最高位に属するあやかしだ。怖いものなどないといったその様子に、私はほっと胸をなで下ろした。他人頼みで申し訳ないけれど、とてつもなく心強い。

「失礼する」

　そう一声かけた後、雨童は躊躇《ためら》うことなく大広間の襖をがらりと引き開けた。

「おお、雨童。久しいな」

　ひょいと立ち上がり、ぱたぱたとこちらに走り寄ってくる、先ほどの少年。

「……そなた」

　雨童が、目を丸くして少年をじっと見つめる。

「そなた、はく……」

「おっと、しばし待て」

　何かを言いかけた雨童に向かい、少年が左手のひらを突き出して『待った』をかける。

　雨童はそのまま口をつぐんだ。

　なんだろう、この光景。傍目には年上のお姉さんに見える雨童が、素直に彼の言葉に従っている。

「彩梅と言ったか？　この少女に、まだ儂の名を明かす訳にはいかぬ」

「え」

なぜに。私が固まっていると、彼は片眉を上げて私を見た。

「儂はここに居るものよ。おぬしよりもずっとずっと前からな。故《ゆえ》に」

言葉を切った彼は、その鋭い目で私を見つめた。

「あの人神――神威が認めようとも、儂はまだおぬしを見定めておらぬ。よって、現時点ではおぬしを、ここの同居人として認める訳にはいかぬ」

唐突な言葉に、私は一瞬、思考を停止する。

今、何て言われた？

「彩梅、しっかりせい」

雨童に肩を揺さぶられ、私は何とか思考を保とうとした。つまり、この少年はこの屋敷に昔からいる存在で、神威さんたちのことを知っていて、私のことを認めないと言っていて……。

「ここに住みたければ、一つ条件がある」

「ちょ、ちょっと待ってください」

私は突然の展開についていけずに待ったをかける。

「なんだ」

「ええと……」

何と言えばいいのだろう、これは。どうすればよいのかも分からないけれど。

——もしかして、同居人として認めてもらえないのなら、ここから追い出されることもあり得るのでは？

「み、認めてもらうにはどうすれば」

追い出されるのは、今の私にとってどうしようもなく怖いことだ。

それは、嫌だ。

「ふむ。そうだな」

私がおずおずと聞いた質問に、少年はさっきよりも薄い笑みを浮かべ、小首を傾げた。

それはとても厳《おごそ》かな仕草で。

「儂の正体がどんなモノであるか、当ててみよ」

当ててみよと言われても。判断材料が皆無《かいむ》で、どうしようもない。

無茶振りに悩みつつ、私の肩を掴んだままの雨童を見上げようと頭を動かすと「言っておくが、他人に手助けをしてもらうでないぞ」と言われてしまった。

「……差し出がましいことを言うようで申し訳ないがの」

先ほどまで黙っていた雨童が、眉根を寄せながら口を開く。

「何も情報を与えずにただ『当てろ』と言うだけでは、無理を言うにも程があるぞ」

「雨童さん……」

こちらが言いたくても言えなかったことを言ってくれて、私は心の底から感謝する。

「まあ、それもそうだな」

意外とあっさり少年は頷き、「条件を与えてやろう」と右手の指を三本立てた。

「条件は三つ――その一。儂に、八つまで質問を許そう」

少なすぎないか、と思ったものの。それを言って逆に怒らせ、質問数を減らされてしまったらと思うと何も言えない。私は黙って頷く。

「その二、答えるまではここに居てもよいが、青宝神社の面々や雨童たちから手助けをもらってはならぬ。雨童や神威たちは甘いからな……儂の正体をそのまま喋られては、意味がない」

「……てことは、雨童さんも神威さんも、あなたの正体は知ってるってことですよね？」

私がそう聞くと、彼は少しむっとしたように眉根を寄せた。

「それは、質問一つ分と数えてよいか？」

「いえ、やっぱりいいです、すみませんでした……」

危ない、と私は冷や汗をかきつつ首を振る。

とはいえ、これではっきりした。雨童の様子を見ていても思ったけれど、彼女にはこの謎の少年の正体が分かっているということだ。そしてこの言いっぷりを見るに、神威さんたちも。それを知ることができただけでも、良かったかもしれない。

身元が全く不明のあやかしや神様と対峙《たいじ》している、という訳じゃない。彼らの知り合いだというだけでも、妙な安心感がある。正体の見当はまるでつかないけれど。

「その三。今日すぐに答えよとは言わぬから、今日を含めて三日間猶予をやる。それまでに答えを出せ」

「す、少ない……」

思わずぼそりと言うと、少年からぎろりと睨まれてしまった。

「何か言ったか？　……もっと減らすか？」

「い、いえ、三日間でお願いします」

交渉の余地はなさそうだ。私は肩を落としながら仕方なく頷く。

「……悪いのう、彩梅。事情があってな、わらわはあやつに強く出られんのじゃ」

「いえ、こちらこそ力不足ですみません」

雨童が申し訳なさそうに言う言葉に、私は首を振る。

もし私がもっと立派でちゃんとしていたら、この男の子に認めてもらえていたのだろうか、なんて考えがちらりと頭をよぎる。

「その顔、また卑屈な考えになっておるな。力不足なんて訳がなかろう」

ぺしぺしと扇子で私の肩をつつきながら、雨童が言う。

「そなたはここに居らねばならん存在だしの。堂々と胸を張って挑めば大丈夫じゃ」

「あ、ありがとうございます……」

私は雨童の言葉を受けて、自分の頬をべしりと叩く。

そうだ、とりあえず呆けている場合じゃない。質問に答えるとは言ってくれているのだから、まず自分にできることをしなければ。

「じゃあ、まずは最初の質問いいですか」

「よいとも。してみるがいい」

鷹揚に頷く少年相手に、私はごくりと唾を呑み込んで質問を絞り出す。

「ええと……あなたのお名前は？」

「ふむ」

彼は数秒考え込んだ後、静かに微笑んで腕を組んだ。

「それは一番最後に答えよう。回数にはそのとき含めてやるから、実質あと七回だな」

「うう……分かりました」

答えが保留されてしまった。私は頑張って次の質問を考える。ああ、もっと頭がよければ……！

「じゃあ、いつからここにいらっしゃるんですか？」

「百年よりもずっとずっと前。おぬしにとっては気の遠くなるくらい昔からだな」

今度は即答だった。だいぶぼんやりした答えだけれど、それは仕方がない。どのくらい精度のある答え方をしてくれるのか、先に聞くべきだった。

「あの、ちなみにもうちょっと具体的に答えていただく訳には……？」

「うむ、そこは儂の気分次第だ」

「そうですか……」

あっさり要望をかわされ、私はうなだれる。

「まあ、その代わりといってはなんだが、聞かれた質問には嘘をつかんと約束しよう」

「あ」

そうか、嘘をつかれるという可能性もあったのか。私、間抜けすぎる。

「全く想定外だったという顔だな」

「そうじゃな。まったく彩梅は人が良すぎるというか、頭が足りないというか……」

私のことを褒めてるんだか貶《けな》してるんだか分からないことを言いながら、雨童が少年とひそひそやりとりしている。

「あの、そこ聞こえてるんですけど」

「お、おお。すまんな、続けてくれ」

ごほんと咳払いをしながら、少年が次を促す。

「そうですね……じゃあ、あなたは神様とあやかし、どちらですか」

「純粋な神話の神でもないな。あやかしということもできよう」

どちらなのかは分からなかったけれど、やっぱり人間ではなかったらしい。あとは何を聞くべきか、と悩んでいた私ははたと思いついた。

「……『誰そ彼時に、通りゃんせ』」

そうだ、このまじないがあったじゃないか。

これは、青宝神社の面々が使う『まじない』の言葉の一部分だ。

『誰そ彼』と尋ねるのには、夕闇で判別できない相手に『あなたは誰ですか』と問う意味の他に、相手を見極める防犯の意味もあった。

ここでは、その言霊《ことだま》に呼応し、答えとして元の姿が現れてくるはずで――。

「ほう、例のまじないか。効かぬ、効かぬ」

からからと、余裕そうな態度で笑う少年。本来このまじないで正体は明らかになるはずなのに、何も変わらない。

「……意味なかった……」

「意味がないというより、儂は元よりこの姿よ。効く訳がなかろう」

「そ、そうですか」

「今のも質問とみなしてあと四回だ」

「うっ」

次の質問、どうしよう。他にもっと聞くべきことがあるのでは、もっと効果的な質問があるのではと思うと、簡単に質問できない。

「ま、おぬしも煮詰まってきたようだしな。一回休憩としようか」

「はい？　休憩？」

「さっきから妙に食べたくてな……ふな焼き、作ってくれんか？」

「……はいい？」

少年からの唐突な頼みに戸惑う私の前で、彼はその幼いながらも整った顔に満面の笑みを浮かべた。


「ただいまー！　……って、なにこれどういう状況？」

「お帰りなさい、三人とも……」

翡翠さんたちが屋敷に帰ってきたとき、私は大広間の座卓の片隅に突っ伏していた。動きやすい浴衣に着替えた男子三人衆が大広間に入ってくるのを横目に、私はゆらりと手を振り、やっとの思いで上半身を起こす。

あの少年は、今ここにはいない。「食後の運動じゃ」と言うなり、どこかへ消えてしまったのだ。どうやら彼は、神出鬼没タイプらしい。

「遅かったのう」

「今日の客が長居気味だったんだ。来てもらってすまなかったな、雨童」

「なんの。お前様と彩梅のためならば、いつでもよいぞ」

私の左隣に居た雨童と会話をしながら、神威さんが私の右隣に座る。そうか、雨童に私の情報を流したのは神威さんか。

「雨童さん、本当にありがとうございます。居てくださらなかったら今頃どうなってたか……」

きっと心が折れていただろう、雨童が居てくれなければ。

「うむ。感謝するがよい」

私が頭を下げると、雨童は扇子を口元に当て、三日月型に目を細めた。

「何があった」

私たちの会話に何かを感じ取ったのか、神威さんが問いかけてくる。私は何から説明すればよいのかと頭を捻《ひね》った。

屋敷に戻ったら見知らぬ少年が和菓子を食べ尽くそうとしていて、少年に名前を聞かれ、会話しているときに雨童が来て、少年に正体を当てよと持ちかけられて——それならばと質問をいくつかしていたら突然、「ふな焼きを作ってくれ」と頼まれて。

その結果が、今このテーブルの上に広がっている。これはいったいどう説明したものか。

「……やっぱり具合、悪いのか？」

説明に困って口を開けなかった私に向かい、神威さんが眉を顰《ひそ》めて聞いてくる。私は慌てて頭を振った。

「あ、あの違うんです。ちょっと疲れただけで」

「さっきも言ってたろ、それ。疲れただけでこうなるか？」

「いや、これはそうもなるでしょう」

不安げな神威さんの声に、呆れかえったような嘉月さんの声が重なる。顔を上げると、嘉月さんはしかめっ面でテーブルの上を見つめていた。

「どれだけ作ったんですか、ふな焼き」

尾道銘菓、「ふな焼き」。小麦粉を水で伸ばし、クレープ状に薄く焼いた生地にあんこを包んだ、昔ながらのお菓子だ。しっとりした薄皮と、丁寧に練られた上品なあんこを堪能できる一品。

今、私たちの目の前の座卓の上には、それが三十個ほどずらりと並んでいる。

「あれ、僕が今朝作った豆大福は？」

「全部儂が食べたぞ。あれだけでは足りんから、作ってもろうた」

ふわりと私の背中に重みが乗る。水干姿の少年が戻ってきたのだ。

「あ？」「あれれ」「おや」

神威さんと翡翠さんと嘉月さんの、短い声が聞こえた。

そんな反応も意に介さず、少年は私の背中に重くのしかかったまま、私の頭越しに手を伸ばしてふな焼きを取る。そしてあっという間にもぐもぐと平らげてしまった。

「ふむ、いけるいける。美味くなったではないか、よくやった」

「それはどうも……」

私は少年に体重をかけられたまま、どさりと机の上にまた突っ伏す。

「彩梅は作るのが初めてだったそうでな。それはもう一から、頑張ったのじゃぞ。こいつに作れと言われて」

頭上から、雨童が状況説明してくれる声がする。

「最初は酷いものだったがな、まあ良くなった、褒めて遣わす」

「ありがとうございます……」

少年の言葉に、私はため息をともに肩を落とす。

そもそも言いたい。こういうシンプルに見えるお菓子ほど、難しいものはないのだと。

まして、初めて作るのならなおのこと。

「翡翠さん、今度お菓子の作り方一緒に教えてください……何であんなにいつも美味しく作れるんですか」

「彩梅ちゃん、そんな落ち込まなくても。ちゃんと美味しいよ、これ」

そう言いながら、翡翠さんがいつの間にか私の作ったふな焼きを食べていた。私はその優しい言葉にうなだれる。

「今度はみんなで一緒に作ろうね」

翡翠さんの声とともに、頭をぽんぽんと軽く撫でられる感触がする。私は素直に「はい」と頷いた。

それとほぼ同時に、背中にしがみついていた重みがふっと消える。振り返ってみれば、神威さんが水干姿の少年の首根っこを捕まえていて。

「で？　なんでこんなことになってんだ？」

神威さんが不機嫌そうに言う。私が「すみません」と言うと、彼は「あんたじゃない」とむっつりと言葉を返してきた。神威さんの口調に差し迫った感じはなかったので、やっぱりこの男の子は、もともと神威さんとは旧知の間柄なのだろう。

「おぬしらはこの少女の入居を許したそうだが、儂は賛同した覚えがない。だから、いくつか『試し』を与えようと思ってな」

首根っこを掴まれたまま、少年は悠々とふな焼きを食べ続ける。

「……伺いは前もって立てたはずだ」

「儂はそれに返答しなかったはずだぞ」

ひらりと身をよじり、少年は神威さんの手から軽々と抜け出した。

「えー、何でダメなの？　ねえ、は――」

「儂の名前は言うでない」

翡翠さんの言葉を遮《さえぎ》り、少年はむすりとした顔でそう言った。対する翡翠さんはけろっとした顔で「なんで」と返している。

「儂が何なのかを当てるのも、試しの一つだ」

「あーなるほどね、分かった分かった」

はいはいと軽く手を振って、翡翠さんが頷く。

「ちなみに、もし彩梅ちゃんがその『試し』とやらに合格しなかったら、何かあるのかな?」

翡翠さんがどこか真剣な調子を声音に滲《にじ》ませ、切り出した。

「儂の正体を当てられねば、この娘にはこの屋敷から出て行ってもらう」

少年がそう言った途端、部屋が静まり返る。固まってしまった空気に、私はあたふたと周りを見回し、口を開こうと試みる。

「ええと……」

「おい。今更出てきて、それはないだろう」

私の横に、ずいと神威さんが進み出る。

「この家の当主は俺なのに、何でお前が出てくる」

「儂を敵に回すか、人神よ」

「敵に回すかどうかとか、そういう問題じゃない。なんで反対なのかって聞いてんだ」

「反対ではない。『見定め』と言っておる」

落ちる沈黙。息が詰まるような空間の中で、私は恐る恐る手を挙げた。

「あ、あのう……」

「どうした」

神威さんに促され、私はごくりと唾を呑み込む。

「そもそも、この子……じゃなくてこの方、私よりもずっと前からここに住んでるって聞きまして」

しんと静まり返った大広間。頼むから誰か一人くらい反応してほしいな、と思いながら、私は自分の後頭部をかいて続ける。

「そりゃあ、拒絶反応起こして当たり前ですよ。赤の他人がいきなり我が家に入ってきたってことなんですから」

「……」

水干姿の少年はむっすりとした表情のまま、何も言わない。一抹《いちまつ》の気まずさを感じながら、私は自分の口角を上げてみせる。空気が重くて仕方がない。

「だから、この方の『見定め』、受けさせてください」

「おう。望むところよ」

少年は真面目な顔で、私の言葉にこくりと小さく頷く。しかし、神威さんが「いや、待て待て待て」と言いながら、私の肩をがっと掴んだ。

「はい？」

「『はい？』じゃないだろ。あんたな……」

私が目を白黒させていると、彼は大きくため息をついて何かを言いかけたまま、がっくりとうなだれた。

「……いや、やっぱり何でもない」

「何でもないって顔じゃないですけど」

「何でもないつったろ」

「……付き合いきれん。儂はもう寝る」

神威さんと私がやりとりしている横から、白い小さな影が大広間から廊下へ滑り出た。

長い髪を束ねる青、赤、黄、白、黒の五色の組紐が風に揺れ、遠ざかっていく。

「あっ、ちょっと待――」

「よく覚えておけ。誰かに助言を得ようものなら、儂には分かるからな」

振り向きざまに私へ向かってそう言ったきり、あの小さな少年は姿を消してしまった。

「き、消えちゃいました」

捨て台詞《ぜりふ》を残して。

「ああ、あの子夜早いからね」

長い間生きてるのに、見た目相応の生活習慣だな。まだ十九時半なんですけど。

「おーい、彩梅ちゃん。大丈夫？」

どうしたものかとぼんやりしていたら、翡翠さんが私の目の前で手をぶんぶんと振ってきた。私ははっと我に返り、こくこくと頷いてみせる。

「だ、大丈夫です。明日また頑張ります……！」

明日こそ、明日こそは……！　何とかせねばと固く誓っていると肩を叩かれ、私は顔を上げた。

「ん」

神威さんが小さく四つ折りにした紙を、私の手に握らせる。

「また明日」

ポンと彼に頭を叩かれながら、私は紙を見下ろす。なんだろう、これ。

「ほら、彩梅ちゃん。疲れただろうから、お風呂にでも入ってきなよ」

「……そうします」

気遣わしげな翡翠さんの声を受け、私は立ち上がる。

そして一人廊下に出ながら、そっと神威さんに渡された紙を開いた。

『明日の朝六時に、屋敷の宝物庫で。また明日』

「待ち合わせ？」

簡潔すぎて何も伝わらないけれど。

「……また明日」

明日会うのが前提で、自分を受け入れてもらえているような気がする、いい言葉だ。

今更ながら神威さんの言葉がじんわりと心に沁《し》みて、私は紙をぎゅっと握りしめた。


翌朝の六時。神威さんに言われた通り、屋敷の日本庭園の奥にある宝物庫を訪れると、彼はすでに到着していた。

「おはよう」

「お、おはようございます」

まさかの二人きりだ。私は恐縮しつつ、彼に手招きされるがままそろりそろりと宝物庫へ足を踏み入れた。

ここは『宝物庫』という名の通り、貴重そうなもの、高価そうなもの、由緒《ゆいしょ》正しそうなものが格納されている蔵だ。ものが多く、ぶつかってしまわないか気が気じゃない上に、神威さんと二人きり。

き、緊張する……！

「あ。そこ、気をつけろ。翡翠が大切にしてるやつだぞそれ」

「は、はい！」

神威さんに指さされた方向を見た私の目に、切子《きりこ》細工が刻まれた、鮮やかな藍色のガラスの壺が映る。この薄暗い蔵の中に差すわずかな光のもとでも、綺麗に見える壺だ。

「あ、確かにこの壺高そうですね……気をつけます」

「違う、そっちじゃない。その右」

隣に並んだ神威さんが、すっとガラスの壺の右隣の箱を指さした。

「はい？　これですか？」

私は目を瞬《しばたた》く。壺の右側には、年季の入った木製の箱が置かれている。大きさはサッカーボールくらいの、立方体の箱だった。

「ああ」

神威さんが箱にかかっていた閂《かんぬき》を外し、蓋をゆっくりと開けた。

「見てみろ」

箱の中を指さされ、私は恐る恐るその中身を覗き込んだ。そして思わず歓声を上げる。

「これは確かに……！　うわあ、綺麗ですね」

箱の中にはふかふかとした黒い光沢のある布地が張られていて、クッションのようになっている。そして、その中には。

深い青色をたたえて静かにきらめく、丸いクリスタルのようなものがあった。

「青水晶って名前でな。気をつけろよ、あいつ『絶対に割るな』ってうるさいから」

「へええ……」

私は水晶にくぎ付けになり、更にそうっと覗き込んでみる。じっと見つめていると、海の中に潜っていくような気分になる青さだ。ゆらゆら揺れる青い波間の、さざ波が聞こえてきそうな――。

「って、こんなことしてる場合じゃない！」

私は綺麗な青水晶から視線を引きはがし、声を上げた。神威さんがびっくりしたような顔でこちらを見ている。しまった、声がうるさすぎると思われたかもしれない。

「どうした」

「あの子の正体、まだ掴めてないんですよ……ここに呼んだのも、その件ですよね？」

私はこめかみを押さえながら答えた。昨夜もずっと考えていたものの、判断材料が少なすぎて何を質問するか決めきれずにいたのだ。

「何も心配すんな」

考え込んでいたところに静かに言葉をかけられ、私は瞬きをして言葉に詰まる。

「……はい？」

「俺がなんとかする」

「いやいやいや、それは駄目です、絶対に」

それは反則だ。私は真顔になり、手を顔の前で左右に振る。

「神威さんのそのお言葉は大変ありがたいんですが……また別の問題でして」

「別の問題？」

なんだそれはという困惑を滲ませた呟きが耳に届く。私はこくりと頷いた。

「あわよくば、気に入ってもらいたいと思って。私が」

「……」

神威さんが無言のまま私を見つめる。その表情からは何を考えているのか、いまいち掴めない。私は慌ててそのまま言い募った。

「むしろ、あれだけ反対していたのを、認めてくれる条件を出してくれたくらいなんですからありがたいですね。問答無用で追い出すことだってできるはずなのに」

今のところ、そんなことをされてはいないし。

「裏を返せば、こっちが『試し』に合格すれば認めてくれるってことですよね」

「前向きな奴だな……」

呆れたような顔で、神威さんが私を見遣る。

「印象悪いまま同居してもしんどいですし。できれば認めてもらえて、快《こころよ》く住まわせてもらえるようになることが理想なんです……だから、自分にできる限り頑張ってみようかなって。百パーセント、私のわがままです。ごめんなさい」

「あんた……なんていうか、変なとこでタフだな」

今度はため息をついて神威さんが頭を振る。私は首をかきながら笑ってみせた。

「まあでも気に入ってもらえるかもらえないかって、頑張ってもどうにもならない場合もありますし。それでも認めてもらえないようなら、仕方のないことです。粘って駄目だったら、諦めます」

そう、仕方のないことだ。どうしたって気に入らない、相性の悪い相手というのは存在する。

血の繋がっている『家族』でさえ合わないことはあるし、それは努力じゃどうしようもない。そこを無理に押し通して同居したとしても、気まずさここに極まれりだろう。

ならば、とてもとても嫌だけど、新参者の私は退却するしかない。あの家にいられなくなったからといって、きっとバイトを打ち切りにはならないだろうし。

え、ならないよね？

「……この『試し』、合格しなかったら巫女の助務もクビになったりします？」

それは結構嫌、というか絶対に嫌だな。

そう思ってしまうほどに、私は神威さんたちとの青宝神社での日々を気に入ってしまっている。今更手放すという選択肢は思い浮かべたくない。

さっきから無言の神威さんを恐る恐る窺ってみると、鋭い眼光で睨まれた。

「なんで出て行く選択肢があること前提なんだ」

「いや、あの子に許可してもらえなかったらそうなりませんか」

「……そうしたら、出てくのか」

「まあ、約束してしまいましたし」

気まずいのも困るし。

「新しい家は？」

「探します。なのでそれまでだけでも、どこか寝泊まりする場所をお貸しいただけると……」

でないと家なき子を通り越して、宿なき子になってしまう。前暮らしていたアパートはもちろん引き払ってしまった。せめて新しい部屋が見つかるまでは執行猶予期間がほしい。

私の申し出に、神威さんはむすりとした顔で腕を組んだ。視線が痛い。

「あのう……お願いします」

そうおずおずと頼んでみると、再びぎろりという効果音でも付きそうな鋭い視線が投げかけられた。

図々しすぎただろうか。せめて部屋が決まるまでは妥協してくれないか、だなんて。

「そもそも出て行かせる気は全くない」

「それは……ありがとうございます」

図々しいと罵《ののし》られるなんてことはなく、神威さんはそう言ってくれた。よかった、と私はほっと胸をなで下ろす。

「けど、あんたはあいつと『正体を当てる』と契約しちまった。口約束でも、契約は契約だ。ああいう奴との『契約』は――第三者が介入できない」

神威さんがしかめっ面でそう言った。私はそれに対して「もちろんです」と頷いてみせる。もちろん、約束は守らなければ。助力を仰ぐのはもってのほかだ。私自身が引き受けたのだし。

「はい。頑張ります」

「……この宝物庫に呼んだのは」

神威さんがあさっての方向を見ながらぽつりとそう呟く。脈絡のないその言葉の意味が汲《く》めず、私は疑問をもって彼を見上げる。

「ここが一番、落ち着いて話せる場所だからだ。あいつが来るとしても、遅い」

「……？」

謎の言葉に、私は首を傾げるしかない。けれど――このタイミングで言うということは、何か意味があるのだろう。

私は昨日、一人称『儂』の少年に言われたことを思い出す。

『よく覚えておけ。誰かに助言を得ようものなら、儂には分かるからな』と、釘を刺されたことを。

「うーん……ここなら来るのが遅い……それから、『何でも知ってる』……？　ああ、そ

は玄関に着いてもいなかったのに」
「昨日あの子、大広間にいたときに雨童さんが来たの知ってたんですよね。まだ雨童さん
　私はふと思い出した。
ういえば」

「……」

　神威さんはやや困った顔で私を見下ろしている。なんかあるな、これ。

「どういうことですか、とは聞かない方がいいですよね。多分」

　私の質問に、神威さんは眉を顰めてため息をついた。

「やりづらいな……何を言っても失格になりそうで、喋りにくい」

　さっき『落ち着いて話せる』と言っていたのに、神威さんは歯切れが悪かった。その様子から、彼があの少年を警戒しているのがひしひしと伝わってくる。

「なんでしょう、こう……口をつぐんだとしても『いま言い淀んだ』ってことはヒントなのかも』みたいな気分になってきますね」

「やめろ。何も話せなくなるだろうが」

　片手を眉間に当てながら、神威さんはもう一方の手で私の肩をチョップした。

　叶うなら、こんなやりとりがずっとできればいいのだけれど。私はそんなことをぼんやり思いながら、腕時計を見る。

「あ、そろそろ用意しないと。今日は一限からなんです」

大学の学費は貴重だ、こんな状況でもすっぽかす訳にはいかない。私は一限までの電車移動や準備の時間を逆算する。

「そうか。じゃあ行かないとな」

「はい。ありがとうございました」

私は少し頬を緩めて、お辞儀をする。

「……ところで」

「はい?」

頭上から聞こえてきた声に顔を上げると、神威さんが苦い顔でこちらを見ていた。

「なんですか?」

しばらく何も続きを言わない彼に、私は首を傾げて問いかける。

「いや、あんた、頑固だからなあ……」

大きなため息とともに呆れ声でそう言うなり、神威さんはくるりと宝物庫の出入り口へ足を向けた。

「え、何の話ですか?」

私は慌てて彼の後を追い、宝物庫の出入り口に向かう。

そのときだった。

――こぽり。

「……ん？」

「どうした？」

私の発した声に、神威さんが反応する。

「なんか今、音が」

「音？」

神威さんが首を傾げる。どうやら何も聞こえなかったらしい。

音。音が、したのだ。水面の中を水泡が弾けるような音が。でも、ここに水はない。

「いえ、気のせいです」

もの言いたげな神威さんの背中を押し、私は彼を外へと促す。

そして外へと出て、神威さんに話しかけようとした矢先。

「話は終わったか？」

「ひいいいいい！」

忽然《こつぜん》と、私たちの前に白い水干姿の少年が姿を現し――私は思わず神威さんの袖をぎゅっと握ってしまった。

「なんだ、そんな驚かんでも」

「いやこれは驚きますよ」

少年が朗《ほが》らかに笑う姿は可愛らしいけれど、この出現の仕方はもはやホラーに近い。心臓に悪い。

神威さんの様子を窺うと、彼は苦虫を噛み潰したような顔でため息をついた。

「邪魔しやがって」

「神威さん、いま舌打ちしました？」

なぜに。

「それが儂の存在意義よ。治安は保たねばな」

ふんと胸を張って少年が答える。

「存在意義……？」

「おっと、あまり言っては助けになりすぎるな。じっくり考えるといい」

私が更に突っ込もうとすると、彼はまたふいと消えてしまった。

なんだったんだ、いったい。

「そんな怖かったか？」

神威さんから気遣わしげに見られ、私はその視線の先にある、自分の手を見る。

「す、すみませんでした……！」

先ほど、びっくりしすぎて神威さんの服の袖を握ったままだったのを忘れていた。私はぱっと手を離す。

「別に謝ることは」

「いえいえいえ、私ごときがすみません」

「……前から思ってたんだが、あんた自己評価低すぎないか？」

「いえそんなことは……！」

「……まあいい。それよりあれだな、あれをやらないと」

「あれ、ですか？」

私が首を傾げると、神威さんはニヤリと笑って右手の人差し指を一本立てた。

「作戦会議。あんたが大学から戻ってきたら、始めるぞ」


「さあて、みんな集まったね」

時刻は十七時、いわゆる『黄昏時《たそがれどき》』。洋風の部屋の中で、翡翠さんがニヤリと笑った。

ここはレストラン『招き猫』。青宝神社の社殿奥から竹林の道を通り抜けた先にある、特別なレストランだ。

そこは、限られた者しか入れない、別世界のような空間。

神社の境内からは想像もできないような、見事なイングリッシュガーデンの中にその建物はある。白いレンガ造りの洋館で、外壁には洒落《しゃれ》た雰囲気を醸《かも》し出す蔦《つた》が絡まり、大きな窓とどっしりとしたダークブラウンの扉が特徴だ。

フロアには真珠色の壁紙が張られ、ミルクチョコレート色の木製テーブル席が大小四つほど。中央にはワインレッド色のソファー席が鎮座している。

私たちは四人揃って、その中央のソファー席に座っていた。

私の右には神威さん、テーブルを挟んで向かいには翡翠さんが座り、その隣に嘉月さんがいた。

そして今、テーブルの上には。

「あの、これは……？」

ベルベット素材のふかふかしたソファーで、私は目を丸くしてテーブルの上に広げられた食べ物たちを見る。

「広島県産柚子《ゆず》のバターケーキとジンジャーレモンシロップの炭酸割り。いつも通り甘いモノは僕作で、ドリンクは嘉月ね。まあ、話す前に一息ついてもらおうと思って」

翡翠さんが食べ物を指し示しながら説明してくれる。

三角形にカットされたケーキはうっすらとしたオレンジ色。ジンジャーレモンシロップは綺麗な透き通った琥珀《こはく》色が、炭酸水でグラデーションになっていてまるで朝焼けのよう。

促されるがままケーキを一切れ頬張る。たちまち、柚子の独特な涼しくさっぱりとした香りと甘みが、ふんわりとしたケーキの食感とともに口の中いっぱいに広がった。

美味しさに目を丸くしながらドリンクを飲めば、レモンとはちみつ、それからわずかにピリッとする生姜《しょうが》の香りと、ぱちぱち弾ける炭酸が舌の上で踊る。ほんのり甘い柚子の味が微《かす》かに残る口内に、ひんやりした爽やかな風が吹き抜けた。

「ジンジャーレモンシロップは紅茶で割っても美味しいんですけどね」

「あ、確かに美味しそうですね」

嘉月さんの注釈に私はしみじみと頷く。そんな雰囲気に呑まれかけ……はっとして、私は自分の頬をぱしんとはたいた。いかん、和んでいる場合ではない。

「あの、今日お客さんは？」

「ああ、心配いらないよ。今日はいったんお休み」

翡翠さんがどこか不敵に笑いつつ、手をひらひらと振る。

「色々とお手間をおかけしてすみません……」

「いやいや全然。これは大事なことだからね。君がいなくなると困るんだ、僕らの精神衛生的にも」

そう言いながら翡翠さんは、ちらりと私の右隣へ視線を逸らす。

私がその言葉の意味を疑問に思いながら、視線を追って右隣を見ようとすると、そちらから額めがけてデコピンが飛んできた。

「痛ったあ……」

「猫たちにも見張りを頼んだのか。庭にいるな、数匹」

私が額を抱えている隣で、神威さんの声がする。視界の片隅に左手が見えたから、どうやら今のデコピンの手の主は彼らしい。小さな攻撃だけれど、地味に痛い。

「そ。猫たちにも頼んだし、それにここならちょっとゆっくり話せるし。準備は万端」

「猫に頼んだって、何をですか……？」

私の質問に頷いた翡翠さんが、外を見てみろと窓を指さす。

まだ痛む額を押さえながら窓の外を見ると、青々とした芝生の上に猫が何匹かたむろしていた。

「近づいてくるモノがあったら知らせてくれるように、って。猫にはね、見えるんだよ。人ならざるモノが」

「な、なるほど」

あの少年が来たら教えてくれるという訳だ。まあどこまで通用するのか分からないけど……朝も唐突に現れたし。

「という訳で作戦会議なんだけど、今日になってからは何かあった？」

「いやあ……今朝のあれが結構びっくりしましたね」

翡翠さんに問われ、私はため息をつきながら今朝の出来事を思い返す。

「今朝のあれ？」

私の目の前で翡翠さんが首を傾げた。

「あれか。今朝、彩梅と宝物庫にいたんだが、あいつに思ったより早くバレてな」

ため息が右隣から聞こえてくる。一方で私は、今彼の口から紡がれた言葉に驚きのあまり硬直してしまった。

今、すごくしれっと神威さんに名前を呼ばれたのだけど。しかも呼び捨てで。これって実は初めてでは？

思わずドキリとしてしまったことを悟られまいと、私は真剣な表情を浮かべて二人の話に聞き入る。

「あれま。すぐ見つかっちゃった？」

「そうだな、バレた挙句、話も聞かれてたみたいだし。失格にはされなかったけど、おちおち話もできないのが……」

「話もできないのが？」

「翡翠お前、ニヤニヤすんな」

何やら二人が言い合いながら身じろぎをしている。どうやらテーブル下で足を使っての激戦が繰り広げられているらしい。

なんだろうかこの構図。神様同士が小学生みたいに足でどつき合って喧嘩している……。

「ところで彩梅さん。あなた、いくつ質問権を消費したんです？」

大人げない喧嘩をする二人の神様を放っておいて、嘉月さんが鋭く切り込んできた。

私は指折り数えながら、使ってしまった貴重な質問の内容と、その答えを思い返してみる。

「ええと」

「あと四つですか……だいぶ消費しましたね。何を聞いたんです？」

私は昨日のことを思い返しつつ、明後日の方向を見て答えた。

「確か、四つです」

「まず、名前を聞いたんですけど。それは一番最後に答えると言われてしまいまして。あとはそうですね……いつから彼は、あのお屋敷にいるのかを聞きました」

「ほう？　それで？」

嘉月さんが顎に手を当て、ふむふむと頷きながら先を促す。いい線を行っている質問だったのだろうか。

「百年よりもずっとずっと前。気の遠くなるくらい昔から、と言われました。それから……人間か神様かあやかしか、も聞きました」

「ほう」

嘉月さんが少し目を見開く。

「純粋な神話の神ではない。あやかしということもできよう、と言われました」

「それはそれは」

「あとはあれですね、『誰ぞ彼』とも唱えてみました。それも質問一回分にみなされましたけど……横着したら駄目ですね」

「ええ、そのまじないを使うのは思考放棄と同義ですね」

嘉月さんは相変わらず手厳しい。私は「ですよね……」と苦笑いをしてみせた。

「で、どうだったんです」

「残念ながら、何も変わりませんでした」

「だろうねえ」

いつの間にか足での喧嘩が一通り終わったらしく、翡翠さんが私と嘉月さんの会話に入ってくる。

「ま、それにしても彩梅ちゃんの質問事項、いい線行ってるよ」

「ほ、ほんとですか⁉」

私は思わず前のめりになってそう聞き返す。翡翠さんはケーキをぱくついて頷いた。

「ほんとほんと。で、あと教えるとしたら、あの子は神様だってことかなあ。あとは——」

「あ、あの」

更に話を続けようとした翡翠さんに、私は慌てて待ったをかける。いかん、このままだと翡翠さんから情報をもらいすぎてしまう恐れがある。

「翡翠さん、大丈夫です。他の人から教えてもらいすぎると、あの子から認めてもらえない気がしますし……こう、相談する場所まで用意してもらって申し訳ないんですけど」

後から『色々教えてもらいすぎていた』と判明したら、あの子から反感を買ってしまいそうに思う。それじゃあ、本末転倒だ。

「……そう？　君が決めたことなら、それ以上は何も言わないけど」

翡翠さんは食べる手を止めてこちらをじっと見据えた。

私は思わずたじろいで彼をおずおずと見返す。彼の目が、真剣だったからだ。

「彩梅ちゃん」

「はい」

改まって呼びかけられ、自然と私の背筋は伸びる。

「僕たちは彩梅ちゃんに、ここにいてほしい。それだけは忘れないで」

いつも穏やかな笑みを顔にたたえている翡翠さんが、真剣な表情のままそう言った。

「あ、ありがとうございます」

面と向かってそう言われると、なんだか照れ臭くてむず痒《がゆ》い。

私はきょときょとと視線をうろつかせて、ドリンクを勢いよく飲む。炭酸とジンジャーの波が一挙に押し寄せ、鼻と喉の奥がツンとなった。

「彩梅さん、お代わりは？」

嘉月さんが唐突に立ち上がり、私を見下ろして聞く。私がポカンとしていると、彼はムスッとした顔で「なんですか、その豆鉄砲を食らった鳩のような顔は」と指摘してきた。

私は慌てて口を閉じる。

「あなた、普段食い意地も飲み意地も張っているのに、今日は全然じゃないですか。通常であればもう十分前には一杯目のドリンクを飲み干してますよ」

「の、飲み意地」

人のことを飲兵衛《のんべえ》みたいに言うのはちょっと待っていただきたい、私はまだ未成年だ。新歓コンパも何も行っていないので、飲み会にも参加していないのだけど。

「……あなたが大人しいと、気味が悪いんですよ」

ほら貸しなさい、新しいのを注いできますからと言いながら、嘉月さんが問答無用で水滴《したた》の滴るグラスを持っていく。

私が立ち上がりかけると、「ついてこないでよろしい。休みなさい」と止められてしまい、すごすごとソファーに戻る。

「ふふ、嘉月は観察が得意だからね。よく見てる」

「そ、そうですね」

十分前くらいには飲み干してないとおかしいって、私の飲むペース、そんなに速かったのか。

というかペースを完全に把握されている。怖い……！

「何事にも観察は大事だよ。例えば今の彩梅ちゃんの様子に、嘉月が気づいたみたいに」

しょんぼりしていた私は、その言葉で我に返る。

「観察？」

「そう。探偵術の基本中の基本、観察」

ぴっとフォークで空中を指しながら、翡翠さんはにんまりと笑う。

「今回で言えば――そうだね、彼の格好はどんなだった？　身につけているものは？　それをきちんと、見てごらん」

「……はい」

私はその言葉を、ゆっくり反芻しながら頷いた。


「今日が期限じゃろう。そなたが来ぬから、こちらから来てやったぞ」

期限の日は、土曜日だった。

私は土曜に大学の講義を取っていないので、一日中青宝神社にいて。雨童が社殿内の和室へ顔を覗かせたとき、私はしめ縄や、祭壇に垂らされる紙垂《しで》をひたすら作っているところだった。

隣では翡翠さんが私と同じように作業をしていて、神威さんは社殿と境内の掃除に携《たずさ》わっているという布陣だ。

「あ、雨童さん。ようこそお参りくださいました」

手を止めて挨拶《あいさつ》すると、彼女の藍色の扇子がぺしんと私の頭上に載った。

「呑気にしめ縄作っとる場合か。なぜわらわを訪ねて来んのじゃ」

「いえ、あの」

私はどう答えたものかと頬をかきながら、口を開く。

「あの水干姿の子との約束だったので……助言をもらわないって」

「お前は本当に馬鹿正直な奴じゃの、呆れるほどに。そのうち食い物にされるぞ。……おい翡翠、なんとか言え」

雨童が扇子を口元に当てながら私たちをギロリと見下ろした。

「いやー、僕もそう思うんだけど、彩梅ちゃんからストップがかかっちゃって」

「ほう？　まことかえ」

雨童が目を細くして私を見る。鋭い視線に、私はこくこくと頷いた。

「それに——知らなければ、見えないのと同じ。だけど今、彩梅ちゃんにはあいつの姿が見えてるからね。きっと、大丈夫だと思うんだ」

「……ふん。翡翠め、相変わらず食えぬ奴よ」

雨童はとすんと私の隣に腰を下ろし、私が作り溜めていた紙垂に目を留めて鼻を鳴らす。

「彩梅。普段このようなものをひたすら作っておるのか？」

「いえ、私は今日が初めてです。さっき作り方を教えてもらって……」

そう言いながら、手元を見て。私はえもいわれぬ既視感に襲われた。

しめ縄の隣には、これから取りかかろうとしている紙垂の材料が散らばっている。ベーシックな白に、豪華な色とりどりの紙が畳の上に散在していた。

「この五色の紙って何に使うんですか？」

「御幣《ごへい》にとりつけるんだよ」

翡翠さんは作業しつつ、律儀にも答えてくれた。

御幣。神道の祭祀《さいし》で用いられる神様へのお供え物の一種で、紙垂を竹や木の幣束《へいそく》に挟んだものだ。神社にお参りに行くと、御神前に立てられているもの。あるいは、神社の祭典等で神主や巫女が振る道具として知られている。

「雨童さん、ひとつ聞いてもいいですか」

「なんじゃ」

すっかりくつろいだ様子の雨童が鷹揚に頷く。

「……青、赤、黄、白、黒の五色って、五行思想ですよね？」

「うむ。天地万物を組成している五つの要素、木・火・土・金・水の色じゃ。よく知っておるな」

「少しだけ……一ヶ月くらい前から、色々と勉強させていただいてまして」

神社にまつわるもの、由緒正しいもの、民俗学的なもの。そういった知識を自分で調べたり、神威さんたちに教わったりして、その方面に関しては前より少しは詳しくなった……はずだ。

手元を見ながらふと考え込む。ひょっとして……ひょっとして。

「彩梅」

「はい？」

雨童の呼びかけの声に顔を上げてみれば、彼女は目を細めてこちらを見ていた。

「もしも力及ばず追い出されたなら、路頭に迷ったなら、拾ってやっても良いぞ。……うむ、むしろそちらの方がよいな。恩が売れるではないか」

かかか、と笑った後、雨童は天井を扇子で指し、上空を仰ぐ。

「よってわらわはそなたが失敗しても、なんら悲しくはないのう。いつでも待っておるぞ」

「……煽《あお》るねえ」

翡翠さんはそんな雨童に対して苦笑を漏らす。ぽかんとする私の手元には、五色の紙が静かに横たわっていた。

「――さて」

時刻はちょうど黄昏時。大広間の中で、白い水干に紅い狩袴の少年が口を開く。彼は表情の読めない、静けさをたたえた目で私を見据えた。

大広間の中には、私と彼しかいない。二人きりの問答、答え合わせだ。神威さんたちには、隣の部屋で待ってもらっている。

「残りの質問は固まったか？」

「……はい」

「その前に一言言いたいのだが」

「はい？」

「おぬし、自分の感情に疎《うと》いな」

唐突な文脈でそう言われ、私は黙って目を瞬かせた。

「見定めをすると一方的に言われて反論もせずに首を縦に振り、条件を呑み、儂と契約を交わしたが——おぬし、聞き分けが良すぎて少々気味が悪い」

気味が悪いと言われてしまった。そういえば昨日嘉月さんにも言われたな……。

「おぬしにこだわりはないのか？『気に入られなかったらなかったで仕方のないこと』だそうだが、その程度か？ここでの生活は」

宝物庫の中での話は、本当にバッチリ聞かれていたらしい。

私は深呼吸を一つした。

焦ってはダメだ。流されてはダメだ。

「おぬしはどこかで、諦めておる」

「……いいえ」

私はキッパリと言った。落ち着けと自分に言い聞かせながら。

「諦めていませんよ。だから——答え合わせを、しましょう。残りの質問は、お名前のことを除くとあと四つですよね」

私がゆっくりと顔を上げながら念押しすると、少年はどこかぼんやりとした顔で頷く。

「……うむ、残りは四つじゃ。始めようか」

「はい」

私は頷いた。

「では……」

私は一瞬目を閉じ、ふうと息を吐いた。まずは一問目だ。

「あなたは、どんな力を持っていますか」

「安全と幸福、そして繁栄を司っておる」

はっきりとした答えが返ってきた。なるほどと私は慎重に頷き、次はあれを聞いてみようと画策する。

彼は最初に言った。『儂の正体がどんなモノであるか、当ててみよ』と。この言葉から――多分彼は、『モノ』に関する何かだ。『者』ではなく、『物』。『何者であるか』ではなく、『どんなモノであるか』と聞いてきたのだから。

「あなたの『大きさ』はどのくらいですか」

「今の単位で言うとそうだな、三十センチくらいであろう」

どうやら物であるという予想は当たっているらしい。しかも三十センチとはだいぶ小さい。今の姿は身長一メートルちょっとあるだろうから、この場合本体の方が小さいのか、と私はぼんやり思った。

よし、次は。翡翠さんの言っていた『観察』に関係する質問だ。

「あなたの髪紐が五色なのって、何かに関係ありますか」

「ああ。五色全てが揃うのが、正しい在り方だ」

私は頭の中で、さっき社殿の和室で使っていた五色の紙を思い出す。やっぱり、翡翠さんは私にヒントを出してくれていたのだ。

五色の紙。神儀に使う紙。

そして私は、先ほど扇子を天井に向け、上を見上げて高笑いをした雨童を思い出す。なにやらやたらと意味ありげな様子で私を「拾ってやっても良いぞ」と言い出した彼女のことを。それに対して、翡翠さんは「煽るねえ」と苦笑していたことを。

「ひょっとして、あなたの居る場所って、家の上の方の、暗い場所ですか?」

「そうだ。光あるところには居れぬのでな。儂はそこにずっとひとりきりよ」

もう大体分かった気がした。そして最後は、彼の名前が何か――それが問題だ。

「最後に教えてください。――あなたの、お名前は？」

私が質問を重ねると、彼はにいと笑みを浮かべた。細く夜空に浮かぶ、三日月の形に口角を上げて。

「儂の名は、『白寿《はくじゅ》』。白いに長寿の『寿』と書いて、白寿だ」

白。長寿祝いの色。

そして白は、百から一を引くとできる漢字。

ああ、そうか。やはり彼は――。

「答えは出たか？」

私はそう静かに問うてきた少年に、まっすぐ視線を向ける。

「……あなたは」

私は浅く息をしながら、ゆっくりと口を開く。

「あなたは、『幣束』ですね。それも古く歴史ある、九十九神《つくもがみ》さまかと……思います」

百から一を引いた数字は、『九十九』。

九十九神。付喪神《つくもがみ》とも書き、その成り立ちには諸説がある。九十九の文字には「長い時間や経験」、「多種多様な万物」などを象徴する意味合いが込められている。

なるほど。確かに名前は、大事だった。

「……よくぞ当てたな。正解だ、野一色彩梅よ」

少年はそう言って、そのつんと澄ました顔に天使のような微笑みを一瞬浮かべた。

◇◇◇◇◇

幣束というのは、簡単に言えば家のお守りだ。

家内安全・魔除け・繁栄祈願の役割を持ち、神に捧げるため建物の棟木《むなぎ》にまつられる。特に、家を新築したときの上棟式《じょうとうしき》で取り付けられるモノだ。小屋裏にあるため、一度その建物が建てられたら、その後、日の目を見ることは文字通りない。

彼の言っていた『儂は光あるところには居れぬ』とは、そのことだ。

ずっと、ぽつんと独りで家を見守っているのだ。その役目を、終えるまで。

青・赤・黄・白・黒の五色——彼の髪をまとめている組紐は、幣束に使用する幣の色。古代中国の「五行説」という学説に由来する色だ。木の色は青、火の色は赤、土の色は黄、金の色は白、水の色は黒。

神前に置く真榊《まさかき》の色や、上棟式で使用する吹き流しの色としても有名なこの取り合わせは、万物を組成している五つの要素、木・火・土・金・水を意味しているのだ。

そしてその上棟式。柱を組み上げ、新しい家の骨組みが形になる前——つまり上棟のときに、新築を祝い福を願い、ご守護を祈願する儀式だ。

その際に取り付けられるのが、『幣束』。

白い水干姿の彼、ひいては白寿と名乗った彼の、正体だった。

「完成までの工事の無事の祈願も兼ねて宴席を設ける、それが上棟式だよ。幣束は魔除けや繁栄祈願を担っているから、それを鬼門《きもん》に向けて立てて、お清めにお酒とか塩とかを撒《ま》くんだ」

黄昏時、夕暮れ時、夕焼け時。まだうっすらと鮮やかなピンクグレープフルーツ色が残っている空の下。翡翠さんの解説が、神社の境内に響く。

「なるほど……で、このお餅は？」

私は拝殿の脇に立ち、手に持ったお餅を手に戸惑っていた。先ほどついたばかりのお餅は、それをくるんだ清潔な布の上からでもまだ温かい。

「餅を撒く場合もあるからな。……あいつの護る、この神社が建った当時はそうだったんだろう」

私の右隣で、神威さんが説明してくれる。その手にはあの『白紙のメニュー表』があった。見た目はＡ４サイズくらいの二つ折りの冊子。カバーは高級感のある黒い革で作られ、中身は真っ白のメニュー表だ。

このメニュー表の内容が見えるのは、この神社とレストランの現主である、神威さんだけ。

そして今の彼には、あるメニューが見えている。

この神社と、そして園山家の屋敷を守る九十九神、白寿の『思い出のメニュー』。彼が探している、思い出の中にあるはずの料理が。

「それにしても、本当に……よく分かりましたね、彩梅さん。正直見直しました」

私は自分の左隣から聞こえてきた声の主に恐る恐る向き直り、彼の顔をまじまじと見る。

「今の声、まさか嘉月さんですか？」

「僕以外にこの声を持っている者がいますか？　なんですかその質問は」

片眉を上げてこちらを見た人物に、私は絶句する。

嘉月さんが、私を褒めた。そんなことがあるなんて。

「……思ったことが全部口に出てますよ、彩梅さん」

「し、失礼いたしました！」

私が慌てて頭を下げると、「まあいいでしょう。今日はよくやりました」と声が上から降ってきた。

「素直に褒められるとなんか怖いです……」

「明日から対彩梅さん用に毒舌多めにしましょうか？」

「い、いえ結構です！　いつも通りでお願いします！」

私はぶんぶんと頭を振った。いつも当たりが強めの嘉月さんに、これ以上私にだけ毒舌になられたら、心が折れてしまいそうだ。

私の必死さが伝わったのか、嘉月さんは苦笑して「冗談ですよ」と言う。私はほっとして胸をなで下ろす。

「まあ、見直したというのは本当です。今の時代、幣束や上棟式について詳しく知る人間は年々減っていますから。あなたのように年端《としは》も行かぬ者なら尚更です。よく勉強しましたね」

「ははは……ありがとうございます」

私は遠い目をしてお礼を言った。だって勉強しておかないと、いつ嘉月さんに皮肉を言われるか分かったものじゃないんだもの。

「ま、そもそも彩梅ちゃんなら大丈夫だとは思ってたよ。だって白寿は、その正体そのものの存在を知らない者には見えないからね。『知らなければ、見えないのと同じ』さ」

なんだか聞き覚えのあることを言いながら、翡翠さんが餅で器用にジャグリングを始める。

「彩梅ちゃんはきちんと勉強して幣束の存在を知って、だから――白寿が見えるようになったんだ。この神社の拝殿と園山家の屋敷を守る、九十九神を」

そう。あの少年、つまり白寿さまは、青宝神社の拝殿と、園山家両方の建物を守る神様だったのだ。もとは青宝神社の拝殿を守る幣束の九十九神なのだけれど、あの例の襖があるおかげで、実質、園山家の屋敷はこの神社と繋がっている。そのため、青宝神社の建物と園山家の屋敷は彼の手の内、テリトリーという訳だ。

だから神威さんは私との会話場所に、屋敷の本館から離れた宝物庫を選んだ。翡翠さんは、青宝神社の拝殿から離れた別の建物であるレストラン『招き猫』を選んだ。

「ここなら、落ち着いて話せる」と言いながら。あれは、白寿さまに嗅ぎ付けられにくい場所だということで。

そして、白寿さまと最初に出会ったときのことも、改めて思い出す。

「雨童さんが屋敷の扉を開ける前に、誰が来たのか分かっていたのも……」

「わらわが軒《のき》をくぐった瞬間から、白寿の領内に踏み込むのと同義だったからじゃな。こいつ、多分言っておったのではないか？　あのお決まり文句を」

私の『見定められ』を見届けようと残っていた雨童が言った言葉に、一同は顔を見合わせる。

「ああ、あれか」と、神威さん。

「あれだねえ」と、翡翠さん。

「あれですね……」と、嘉月さん。

「言ってました……」と、私はそれに続ける。

そして全員の口が揃う。

「――『儂は何でも知っておる。知れる範囲は、狭いがな』」

「自己紹介としては上出来だろう？」

にんまりと意地悪く言いながら、九十九神様は頷いた。

そしてそわそわと手に持った餅を空中に放り投げ、またキャッチする。

「うん。じゃあそろそろ、餅撒きをしましょうか」

白寿さまの仕草から何かを読み取ったらしい翡翠さんがにこやかに音頭を取る。

かくして私たちは、暮れなずむ空の下、神社の拝殿でにぎやかに餅撒きをしたのだった。


餅撒き大会の後は、お餅パーティーが盛大に行われた。撒いたお餅を、色んなアレンジをして食べるのだ。

たっぷりとすりおろした大根にお醬油をかけ、餅と絡めて食べるおろし餅――からみ餅だとか。

納豆に卵、ネギ、海苔などと醬油を入れ、お餅を入れて絡める納豆餅だとか。

他にもくるみ餅や、風味豊かな味噌を塗った味噌餅、ねったぼ、お雑煮……餅のバリエーションは多いなと唸《うな》るくらいの料理を、神威さんは作って持ってきてくれた。

そしてその中で白寿さまが一番反応したのは、お雑煮だった。

昆布で出汁《だし》を取ったすまし汁に、炭火でふっくらと焼いた穴子《あなご》。そこへ里芋、大根、金時人参《きんときにんじん》、牛蒡《ごぼう》に水菜、そして茹でたお餅の入った具沢山のお雑煮だ。

一口食べれば、穴子の香ばしさと出汁の旨みが、口一杯に広がる。

「お、美味しい……！」

ふっくらとろける炭火焼きの穴子に、とろっとろのお餅。そこに具沢山の野菜の優しい甘みも相まって、美味しくない訳がなかった。

「お雑煮に穴子入れるんですね」

「この辺りは昔から漁業が盛んだったからな。瀬戸内の海の幸《さち》を入れるんだ」

ふむふむ、と私は神威さんの言葉に頷きながら雑煮を平らげる。

「お代わり、いいですか」

私がおずおずと切り出すと、神威さんは一瞬目を丸くしたのちに苦笑した。

「すっかりいつも通りだな。安心した」

「ん……？」

いつも通りとは？　硬直する私の手から空になったお椀を取り上げ、神威さんは持ってきた鍋からお雑煮のお代わりをよそう。それを見ながら、私はたらたらと冷や汗を流していた。

そんな私をよそに、それまでお雑煮をじっと凝視していた白寿さまは、その小さな口を動かしてものすごい勢いではぐはぐと食べ出す。

そして食べている途中で、ぴたりとその箸を止めた。

箸を止めてふっと目を閉じ、ややあってからぱちりと目を見開き、そしてまたお雑煮を口へ運ぶ。

「……」

無言で食べ続ける少年を、翡翠さんと嘉月さんは黙って見守っている。

「思い出したか？」

白寿さまに向かってそう言いながら、神威さんは私にお雑煮をよそったお椀を渡してくれる。

「ほれ」

「あ、ありがとうございます」

私は出来立ての、湯気の立つお雑煮を再び食べ始める。食べ始めて、何やら熱心な視線を感じて――その視線の元を探して顔を上げると、白寿さまと目が合った。

「……ど、どうしたんですか？」

あまりにじっと見つめられるので、私は恐る恐る聞いてみる。

「――思い出した」

なにもかも、全て。彼はそう言って目を閉じた。まるで、脳裏に浮かぶ思い出に浸るように。

まるで、昔を懐かしむように。

「そりゃあ、重畳《ちょうじょう》。何よりだ」

翡翠さんが満面の笑みで口を開く。その横で白寿さまはやおら立ち上がり、ぱたぱたと私の足元まで駆け寄ってきた。

そして彼はきゅっと、無言で私の袴の裾を握る。

いったい何が起こったのだろうと、私はぽかんと彼を見下ろす。

「それなら尚更だ。白寿、分かってるかな。君は謝らなくちゃいけない」

「……謝る？」

私が首を傾げると、翡翠さんはこくりと頷いた。

「そう。彩梅ちゃんを、わざと騙《だま》したこと」

「……わざと？」

私が白寿さまの方を見ると、彼はむっつりと黙ったまま餅を口に放り込んでいた。あれは、イチゴとあんこの入ったイチゴ大福ならぬイチゴお餅だ。

「彩梅ちゃん、白寿はね。最初っから君を追い出す気なんてなかったんだよ」

「へ」

私が白寿さまを見下ろすと、彼は明後日の方向へ視線を向けていた。

いや、ちょっと待って？　なんですと？

「え、じゃあ今までのは……？」

「まあ、見ようによっちゃあ茶番？」

「えええええええ……」

「もし本当に追い出されそうじゃったら、この者たちがここまで悠然としている訳なかろうよ、彩梅。そなたを迎えにわらわの屋敷まで押しかけてきたような奴らじゃぞ」

雨童に追い討ちをかけられ、私は一気に脱力する。ちょっと待って、私がこれまでに抱いてきた気持ちはいったいどこに置いてくればいいのだ。

「ヌシさま。おぬし、怒っておっただろ」

「ぬぬぬ、ヌシさま？」

私の裾を握ったままの白寿さまから聞き慣れない呼びかけをされ、私はたじろぐ。

たじろいだ理由は、それだけではなかったけど。

「え、あの、ひょっとしてバレてました……？」

「おう。ヌシさま、怒っておった」

バレていた。完全に。隠し通せていると思っていたのに。

「ああ、何か様子がおかしいと思ってたら怒ってたのか」

神威さんまで。

「何も言わんと、表に見せんで静かに怒るところ、ヌシさまは昔から変わらんな」

そんなことを言いながら、私を見上げて微笑む白寿さま。凛とした目がさっきまでより少し和らいでいて、こうしてみると神様ではなく小学生の子供のよう。か、かわいい……。

しかし、昔からとは？　私、この神社に来てからまだ一ヶ月くらいしか経っていないのだけれど。

「彩梅さん、あなたいつ怒ってたんです？」

「え、さっきまでです……」

取り繕っても仕方ない。嘉月さんの問いに私が頬をかきながら答えると、彼はぽかんと口を開けた。珍しい表情だ。

そう。実は私は、怒っていた。できれば仕方のないことだと許してほしい。

答え合わせの前、白寿さまに「おぬし、聞き分けが良すぎて少々気味が悪い」と言われたものの、聞き分けがいいのは表立ってのことだけで。内心、途方に暮れていたし怒ってもいた。

だって、突然出てきた人にほぼ前触れもなく一方的に条件を突きつけられて、「私のお眼鏡に適《かな》わなければ出ていけ」と言われたのだから。

私は聖人ではない。ごくごく一般の、人間だ。

「認めてもらいたかったので抑えてたんですけどね……だって怒っていることを表に出しても、何も解決しませんし」

でもバレてしまっていたのだから甘かった。私は反省する。

「いや、僕は気づきませんでしたよ……？　あの、今は、怒っていないのですか」

「食欲が戻ってるから大丈夫だろう」

「あれ、そういう伏線だったんですか⁉」

さらりと真顔で頷いた神威さんの言葉に、嘉月さんが慌てたような表情で私と神威さんとを見比べる。

「ヌシさまは落ち込んでいるときほどよく食べて、普段でもよく食べて、怒ると食欲をなくすのだ。儂はよく知っておる。変わらんな」

白寿さまの言葉を聞いて、嘉月さんは「観察が……」と頭を抱えた。どうでもいいけど、さっきから観察対象扱いされてるな、私。

それを見た翡翠さんは嘉月さんに向かって「もう一歩足りなかったね」と朗らかに笑う。そして彼はその笑顔のまま、白寿さまと目線を合わせてしゃがみ込んだ。

「彩梅ちゃんにつんけんしてたのも、自分から突き放しておけば、離れて行かれたときにダメージが少なくて済むからだろう？　……自分がね」

「……そうだ。儂はもう、置いていかれたくない。忘れられたくない」

白寿さまの言葉に、私は黙って固唾《かたず》を呑む。

「儂を、見つけてほしかったのだ。試してみたかったのだ。気づいてほしかったのだ」

――だって、もう現代のこの世に。

「儂を、『幣束』と呼ばれるモノがなんであるかを、知っている者はどんどん少なくなってきておる。儂は九十九神――付喪神。人から大切にされてきたモノに、宿る神。つまり、人からその存在を忘れ去られたその神は、もう存在を保つことができん。存在を知られなければ、大切にしてもらえることもないのだから」

知らなければ、居ないのと同じ。

そういう神なのだ、と彼は淡々と語った。

「長かった……長い長い、年月だった。もう最初に大切にしてもらった頃の記憶も薄れ、儂を知る人間も、下手をしたらあやかしさえも、少なくなってきているところだった」

「最初に大切に……って、ひょっとして、さっきの上棟式の流れって」

もしかして、と私は隣にいた神威さんの顔を見上げる。彼は「そうだ」と頷いた。

「白寿の『忘れた思い出』は、上棟式のものだ。屋根裏にひとりぼっちでいるのではなく、自分が祀られ、人の目に触れていたときの思い出」

にぎやかに餅が撒かれ、人々の幸福への願いを身に受けて。その場の宴席で振る舞われ、そうして彼の前にお供えされた料理の一つが、先ほどのお雑煮だったのだ。

「そうだ。自分の存在を、はっきり確かめられたときの記憶……しかと受け取ったぞ。感謝する、人神よ」

自分が自分であること、何者なのかの証明。改めて問われてみれば、それはなんて難しいことなのだろう。

知られなければ、関わらなければ、関わってもらわなければ。その存在を、認知されることはない——なんてなんて、怖いことだろう。

その記憶を忘れかけ、彷徨《さまよ》ってしまったから。彼の目の前に、神威さんはこのメニューと上棟式を再現してみせたんだ。

と、そこまでは納得できたのだけれど。何でこのタイミングで、白寿さまに『思い出のメニュー』を作る流れになったのだろう？

私が来るよりも以前に、この流れになったときはなかったのだろうか。

「彩梅ちゃん、思ってるでしょ。『何で今なんだ』って」

隣からそう囁《ささや》かれて、私は思わず飛び退いた。いつもの不敵な笑みを浮かべた翡翠さんは、悠々とした雰囲気のままそこに佇んでいた。

「ま、その話はおいおいね」

「役者が揃ってしまったからのう。わらわも人のことは言えんが……これから大変じゃぞ、彩梅」

ふう、と息を吐きながら雨童が私を哀れむような視線で見る。なんだか不安になってくる視線だ。

「え、雨童さん、そのところもう少し詳しく」

「ふむ。そうじゃな、ひとまずは――宝物庫にある青い水晶。あれは絶対に割るでないぞ。面倒なことになる」

「……はい？」

なんの話だ、と呆気に取られる私の手を、小さな手が下から引いた。

「ヌシさま、その……悪かった。儂のこと、嫌いになったか……？」

凛とした挑戦的な視線が消え、白寿さまの切れ長の目がどこか不安そうに私の顔を覗き込む。その姿があどけなくて、私はいつの間にか怒りが消えていたことに気づいた。

「……もう、かわいいから許します」

「彩梅、そなた現金な奴じゃのう。見かけに絆《ほだ》されおって」

呆れ返ったような雨童の声をバックに、白寿さまがにっこりと笑い。私は思わず彼に見惚れてしまった。

「この世は諸行無常、合縁奇縁《あいえんきえん》とは、よく言ったものだが」

――儂はヌシさまと、会えて嬉しいぞ。

そんな嬉しいことを、その麗《うるわ》しく小さな神様は、言ってくれたのだった。

第二章　眠れる龍

――人間よ。叶えてやろう、お前たちの望みを。

龍は大地に響くような声でそう言ったかと思うと、ぬうっと天を振り仰ぎました。

「風よ、雲よ、雨よ、我が元に来い。天の恵みを、我が前に降らせよ」

龍が唱えるや否や、風がごうと吹き、天に稲妻が轟き、あっという間に大雨がこの地にやって来たのです。

縋《すが》る思いで龍へ望みを伝えに来た人々は、火のかき消された松明《たいまつ》を手に、喜びに打ち震えました――。

◇◇◇◇◇

それは六月の半ば――梅雨《つゆ》の季節真っ只中の、時折雷鳴が轟《とどろ》くある日のこと。

「たたたたた、大変だ！」

遠くの方からバタバタと慌ただしい音が近づいてきて、私は顔を上げる。

「……嘉月さんですよね、あれ。どうしたんでしょう」

「別に大したことないんじゃないか？　あいつ、よく慌てるし」

ちょうど大広間に入って来た神威さんからあっさりとした答えが返ってきて、私は少しずっこける。私の隣では、翡翠さんもうんうんと頷いて同意を示していた。

今日はもう私の大学の講義は終わっていて、お風呂も済み、そろそろ夕食にしようかという頃合いだった。

みんなすっかり部屋着に着替えていて、私は紫陽花《あじさい》柄の入った紺の浴衣《ゆかた》。神威さんは濃い抹茶色の浴衣、翡翠さんは薄鼠色の浴衣だ。二人ともとてつもなく似合っていて、私は思わず見惚れてしまいそうになる自分を押しとどめる。

「意外と慌てん坊さんだよねえ、嘉月は。普段澄ましてればインテリ眼鏡に見えるのに」

確かに、嘉月さんの慌てている姿は、彼の見かけに反して意外とよく見かけるかもしれない。

それにしても、この二人の嘉月さんへの扱いよ……。

「それより、夕食の準備……って、もう終わってんのか。ありがとな」

そう言いながら神威さんが、手に持っていた夕食の大皿を座卓の真ん中に置く。その周りには、すでに私と翡翠さんでセッティングを終えていたお箸と取り皿が並んでいた。

「おっ、今日の夕飯は茄子《なす》かー、やったあ！」

翡翠さんが神威さんの持ってきた皿の中身を見て歓声を上げる。

「ああ、今日は茄子の――」

「呑気に夕餉《ゆうげ》について語り合ってる場合じゃありません、主！」

神威さんが夕食の献立の解説を始めようとしたところで、襖が勢いよくスパンと開く。

なんだなんだと私たちが見守る中、肩で息をした嘉月さんがずんずんと大広間に入ってきた。黒地のシンプルな浴衣に身を包んだ彼が大股で歩く様子は、やけに迫力がある。

「どうした」

ただならぬ様子に、神威さんは浴衣の裾を翻してすぐさま立ち上がった。

「ええとですね」

嘉月さんはぐっと顎を引き、大きく息を吸い込む。そのまましばし逡巡《しゅんじゅん》するように目を宙に彷徨わせた後。

「まずは彩梅さん、ちょっと来てください」

「はい？」

彼は唐突に私の右手首をぐいと掴み、大広間の外の長廊下へ連行する。そして深刻な顔つきで、大広間の襖を私の背後で閉めた。

「どうしたんですか？」

少し乱れてしまった浴衣の裾を整えつつ、私はそう聞いてみる。

「ええ、あの……非常に心苦しいのですが……」

なんだか歯切れが悪い。ちらちらとこちらを見遣る視線に気まずさが垣間見《かいまみ》えて、何やら嫌な予感がする。

「心苦しい？　何かあったんです？」

「彩梅さん、あなた今日宝物庫に近づきました？」

「はい？」

予想していなかった問いかけに、私は首を傾げた。

「ええと、今日は近づいていませんけど」

「それを証明できますか」

「え、なんですか？　アリバイ証明ですか？」

真剣な顔で嘉月さんに詰め寄られた私は、面食らって一歩後ずさる。いったい何があったのだろう。

「実はですね……見回りで立ち寄ったのですが、宝物庫内の青水晶が、割れていたんです」

嘉月さんはそう言ったかと思うと、今度は大きく長い溜息をつく。よく見るとその顔は白く、慌てている様子がありありと見て取れた。

青水晶。そのワードを聞き、私の頭の中に記憶が蘇る。

年季の入った木製の箱に収められていて、深く透き通った海の底のような青色をたたえた、丸い水晶。翡翠さんが大切にしていたという……。

――青水晶って名前でな。気をつけろよ、あいつ『絶対に割るな』ってうるさいから。

――宝物庫にある青い水晶。あれは絶対に割るでないぞ。面倒なことになる。

確か前に、神威さんと雨童はそう言っていた。

あれ、つまりこれって、割れちゃまずいシロモノが割れたってこと？

「……それって宝物庫にある、あの『青水晶』ですか？」

恐る恐るそう尋ねてみると、嘉月さんは悲愴な顔つきをしたままこっくりと頷いた。

「ええ、その『青水晶』です。残念ながら」

「え、ええと……『絶対割るな』って言われてるやつですよね？」

「いかにも」

神妙な面持ちで嘉月さんはひそひそと私に囁きかける。

「その青水晶が割れているんです……あれだけ翡翠くんや主が大切だとおっしゃっていた水晶を、本人たちが割って放置しておく訳がありませんし」

「なるほど。それで消去法で私、ってことですね」

よくある筋書きの、第一発見者の嘉月さんが実は犯人だったという説は？　と一瞬思ったけれど。嘉月さんは良くも悪くも嘘がつけないタイプだから、自己嫌悪で泣きながら自己申告しそうな気もするし、違うだろうな。

「いえ、僕だってあなたを疑ってる訳じゃありませんよ。ありませんが、あの青水晶は箱の中に安置されていたはず。何か人為的な衝撃がなければ、箱がバラバラになった上に、水晶が床に落ちて割れるなどあり得ないのです」

あ、これ完全に疑われてるやつ。

とは思いつつも、残念ながら犯人は私ではない。

「いや……朝、大学に行ってから青宝神社でお仕事して、その後ここに戻ってきてから夕食の準備をするまで、部屋で大学の課題をしてたので……うぉっ」

「困っているようだの、ヌシさまよ」

「白寿さま」

私は首を少し後ろに捻り、自分の背中にしがみついてきた小さな付喪神を視界に入れる。

そうだ、白寿さまなら私の無実を証明できるかもしれない。

「あのう、白寿さまにお願いさせていただきたいことが」

「む」

屋敷内の動きを把握できる付喪神に、アリバイを立証してもらおうと目論《もくろ》む私の目の前で、白寿さまが唇をへの字に折り曲げた。

「白寿と呼べというのに。それから敬語もよせ」

どうやら何かが気に入らないらしく、私たちが彼の『思い出のメニュー』を作ってからというもの、私だけ、彼に何度も敬称と敬語をやめるように言われている。が、しかし。

「いいえ、流石にまだそこまで馴れ馴れしくは……それより、あの」

アリバイの立証を、と言おうとしたところでドスンと背中の重みが増す。

「言うことを聞かんと、更に重くするぞ」

「うぐう……お、重い……」

まさかの実力行使。どうやらこの神様、自在に自分の重さを調整できるらしい。いつもはしがみつかれていても重さをほとんど感じないのに、今はずっしりと背中が重い。

「何やってんだ、お前たち」

後ろの襖ががらりと開く音に続き、神威さんの声がする。私が顔を上げようとすると、ふいにふっと背中が軽くなった。

「なんだこれ。随分重いな」

「ええい、離せ離せ！」

付喪神の両脇の下に手を差し込み、空中に持ち上げる神威さんと、そこから脱出しようとじたばたあがく白寿さま。背中の重みが取れた私が肩を回していると、ふと嘉月さんと目が合った。

何やら焦ったような顔でぶんぶんと首を横に振っている。これは何のジェスチャーだろう。

「で、青水晶割れたんだっけ？　嘉月」

神威さんの後ろからひょっこり顔を出した翡翠さんが、こともなげに嘉月さんへ質問を投げかける。対する嘉月さんは狼狽《うろた》え、「ど、どうしてそれを」と呟いた。

「いやね、全部聞こえてたんだよね。僕、猫だし。襖に耳当てたらもう丸聞こえ」

猫の聴覚を舐めるんじゃないよ、と翡翠さんがとてもいい笑みを浮かべる。でもそれって盗み聞きでは？

「まあ、彩梅が割ったんじゃないのは確実だな」

「か、神威さん……！」

私を擁護《ようご》してくれた神威さんを感謝の念を込めて見上げると、「あんたは超絶下手そうだしな、演技」とのお言葉をいただいた。これは喜んでいいところなのだろうか……。

「そうだ、そうだ。ヌシさまは今日、宝物庫に近づいておらん。と申すよりも、あの青水晶は自ら割れたのだ」

ついに神威さんの手から抜け出した白寿さまが、私の足にしがみついて嘉月さんを見上げる。そして彼はちっと舌打ちをして「せっかくヌシさまとの交渉に使えると思ったのに」と呟いた。

「……なんですか、交渉って」

「だからそれだ、ヌシさまのその言葉遣い！　一向に直らんから、ヌシさまの潔白に太鼓判を押すのと引き換えに交渉しようと――」

「それよりあの、白寿さま。いま、なんと」

ぷんすこ可愛らしく怒る白寿さまの言葉を遮り、嘉月さんが眼鏡をかけ直しながら前のめりに尋ねる。問いかけられた白寿さまは「む？」と嘉月さんを振り返った。

「だから、ヌシさまと交渉しようと」

「違います。その前のお言葉のことです」

嘉月さんの言葉にむむと眉根を寄せながら、白寿さまは首を捻る。

「前の言葉？　大したことは言っておらんぞ。青水晶がひとりでに割れたということしか」

「それです！」

嘉月さんの大声に、白寿さまと私はびくりと肩を震わせ、翡翠さんと神威さんは互いに顔を見合わせた。

「ひとりでに割れるなんて、そんなことがあるんですか？　あれは水晶であって、そんな生き物みたいなことがある訳……」

「うん？　あれ、生き物だよ」

嘉月さんの言葉に、翡翠さんがきょとんとした顔で首を傾げる。私と神威さんと嘉月さんは、揃ってぐるりと彼の方向に顔を向けた。

「は？」

「え、あれ、生き物なんですか？」

びっくりして思わず口を挟んだ私の横で、神威さんも「聞いてないぞ」と片眉を上げている。

前に間近で見たときは、ただの綺麗な水晶玉にしか見えなかったんだけど。

「生き物というか、正しくは生き物を封印していたモノというか」

頬をかきながら呑気に微笑む翡翠さん。そのゆったり構えた様子を見て、さっきまで切迫した空気を醸し出していた嘉月さんの肩が徐々に下がっていく。

「一応あれ、偉い人からの預かり物だからね。ぞんざいに扱って誰かが故意に割ったりすると困るってだけで、自分から割れたのなら問題なし。っていうか、どうせいつかは割れるはずだったしね」

「翡翠くん、それを先に言ってくださいよ……肝が冷えました」

ほっとして力が抜けたのか、嘉月さんは肩をがっくりと落とす。その横で私は、今の翡翠さんの言葉の意味をぐるぐると考えていた。

何だか今の翡翠さん、色々引っかかることを言っていたような。

「どうした？」

隣から肩を軽く叩かれる。顔を上げると、神威さんが眉根を寄せてこちらを見下ろしていた。

「いえ、翡翠さんの言葉に少し引っかかりまして」

「んお、何がかな？」

当の翡翠さんからにこやかに促され、私は「はい」と手を挙げる。

「『偉い人からの預かり物』ってさっき言ってましたけど、『偉い人』って、誰ですか？」

翡翠さんは、昔言っていた。力の順に強いのは上から神、人神、あやかしだと。その力関係で言うならば、翡翠さんは一番上の『神様』だ。しかもだいぶ由緒正しく古い神様と言ってもいい。何せ、十二支の昔話に出てくる、『猫』を起源とした神様なのだから。

その翡翠さんに「偉い人」と言わしめるのって……。

「大国主さまだよ」

私の疑問に、翡翠さんは朗らかに即答してくれた。

大国主。オオクニヌシ。確か、日本古来の古い神様だったはず。正直、神様関連の話は諸説がたくさんあって私の中では理解がわやわやだ。

「このクニの神様たちを束ねる一番トップの神だな」

もっと精進して勉強せねばと思っていた矢先、神威さんがそう教えてくれる。

「な、なるほど。トップの神様ならそりゃ偉いですね」

そうか、神様の中にも階級はあるよね。有名なギリシャ神話で言うところのゼウス様的な感じをイメージしておけばいいのかな。

「そういうこと。ま、ひとりでに割れたにせよ、流石にその預かり物を放置って訳にもいかないから、そろそろ様子見に行きましょうか」

翡翠さんはそう言うなり、すたこらと歩き出す。

「あ、ちょっと待て翡翠」

「早く来ないと置いてくよー」

神威さんの引き留めの言葉をあっさりとかわし、翡翠さんはぽんと音を立てて茶色の猫又姿に変わり、さっさと走って行ってしまった。

「置いてくよっつーか、置いてってるじゃねえか」

ぼやいて髪をわしわしとかきつつ、神威さんが「仕方ない、行くか」と私たちを促す。

私と嘉月さんが顔を見合わせて頷いた後、白寿さまも「そうだな」と頷き、ふわりと私の肩に乗ってきた。

「ほれほれ、ヌシさま。早《はよ》うせんと」

「は、はい！」

私は再度頷き、宝物庫の方へ足を踏み出したのだった。

雷雨の中、履物をつっかけ傘を差し、私たちは日本庭園の奥へぞろぞろと進む。

池泉《ちせん》鑑賞式の立派な庭園。砂利《じゃり》を踏みしめ大きな池の橋を渡り、手入れされた植木の間を歩くこと十分ほど。

宝物庫の前で、翡翠さんは二尾の猫姿のまま前足をちょこんと揃えた姿勢で待っていた。

「やあやあ、来たね」

招き猫よろしく右の前足をひょいと上げ、翡翠さんは立ち上がって神威さんを見上げる。

「神威ー、開けて」

「お前が人間姿になればいいだろうが……」

可愛らしく猫姿で顔を傾けながら、神威さんに上目遣いで頼む翡翠さん。神威さんはため息をつきつつ宝物庫の扉をギイと開けてやる。

「ていうか翡翠さん、なんで突然猫又姿に？」

「うん、こっちの方が話が早いかなって思って」

「……？」

何がだ。私は首を傾げつつ、ひょいひょい歩いていく翡翠さん、その後を追う嘉月さんと神威さんの後をついていく。そうして宝物が並ぶ棚の間を縫って歩いていくと。

「ええと……これはいったい、どちら様でしょう？」

嘉月さんの困惑したような声が前方から聞こえ、私は背伸びをして彼の肩越しにその視線の先を見る。

「……男の人？」

床に飛び散っていたのは、元青水晶と思《おぼ》しきものの欠片《かけら》。微かな光に当たって輝くその欠片のそば——ちょうど入り口から見て死角になるつづら箱の向こう側に、一人の青年が倒れ込んでいた。

珍しい髪色の青年だった。ベースは黒色だけど、右側の生え際辺りに銀色の髪が一房《ひとふさ》生えていて、そこだけメッシュのようにほんのりと光っている。

一見すれば渋谷を歩いている若者のような髪型だったけれど、着ているのは和服だった。黒色の無地の着物に、白銀の帯。髪の毛と上手くマッチしている。

そしてその顔立ちは落ち着いた服装と相反して、あどけない印象を受けた。

幼いと言うより、整った童顔と言うべきかも。横になっているから実際の身長は分からないけど、体格は青年のものだ。

「嘉月、お前が発見したときはこの男、居なかったのか？」

「いえ、実は入り口から青水晶が割れている光景を見てすぐご報告に上がったので、死角になっているここまでは確認していませんでした……申し訳ございません」

「いや、謝ることはない。いつも見回ってくれて感謝してる」

「ぐえ、人神お主、何をする！」

嘉月さんと会話をする一方、神威さんが私の肩に乗ったままだった白寿さまを引っぺがし、宝物庫の床に下ろす。その足をぽかすかと叩く白寿さま。

ああ、見知らぬ侵入者がいつの間にかいたというのに、全く緊張感がない……。

「『何を呑気な』といった顔をしているな、ヌシさま」

「う」

図星を指された私がぎくりと身を強張《こわば》らせていると、白寿さまは「ん」と言いながら両手を上げて私を見上げる。

あまりの可愛さに負け、私はお望み通り、白寿さまを抱き上げて腕に抱えた。お、今は軽くなってくれてる。

「この屋敷にはな。儂が守っておる屋敷本体の結界以外にも、翡翠自身がかけた結界が屋敷の外周全てにかかっておる。許可された神や人間、あやかし以外は入って来れん」

安心しろと言いながら、白寿さまが私の肩をぽんぽん叩く。

「それってつまり、この不思議な人も許可されてるってことですか？」

「誰が不思議な奴だ、誰が」

聞き慣れない男の人の声が、床の方から聞こえてくる。私はその場に固まり、その声の主を恐る恐る見た。

「人が目え覚ました途端、随分な挨拶をどうも……ってあれ？」

切れ長で、漆黒の瞳。翡翠さんと近い系統の童顔だけど、彼と違って少し冷たい印象を与える顔つきだ。

そんな青年が、嘉月さんと神威さんの間から、なぜか私の方を見ていた。

「お前、なんか見覚えっつーか、匂い覚え？　ある気がするな」

私の方向にびしりと人差し指を突きつけ、立ち上がりながらそうのたまう青年。まじまじと彼を見てみれば、どうやら神威さんと同年代ぐらいに見える青年だということが分かった。が、しかし。

私の方には全く覚えがないんですけど……。ていうか匂い覚えってなんだ。

「ま、とりあえず人を指さすのは良くないよ」

翡翠さんがべしべしと猫の前足で青年の足をつつくと、青年は「ん？」と言って、足元に視線を落とした。そしてぱっと顔を明るくする。

「おお、何かと思えば猫神じゃねえか。よかったよ、よく知ってる奴がいて」

「うんうん、おはよう。よく眠れたかい？」

全く噛み合ってない挨拶の言葉を返し、翡翠さんが軽く首を傾げる。

「眠れた、ねえ……そもそもなんでこんなことになってんのか、記憶が曖昧《あいまい》なんだよな」

手を伸ばしたり腰を反らしたり腕を曲げ伸ばししたり、まるでロボットの動作確認でもするかのように身動きしながら、彼は「慣れねえな」とぼやいた。

「ふむ。なるほど?」

翡翠さんがゆらゆらと二尾の尻尾を揺らす。

「……翡翠、『なるほど』じゃなくて、もうちょっと情報を寄越せ。何がどうなってる」

しばらく黙って翡翠さんと謎の青年との会話を見守っていた神威さんが、とうとう口を挟む。そう、それ私も知りたかったんですよね。

「ああごめんごめん、紹介するね。こちら、青水晶に封印されていた、えーと……『雷《らい》火《か》』くんです」

「えーとじゃねえ、なんだその『今ちょうど外で雷が鳴ってるので、思いつきでつけました』みたいな名前は」

紹介が気に食わなかったのか、青年がじろりと翡翠さんを睨む。それから彼は顎に手を当て、神威さんの方を一瞬思案げに見た。

一方の翡翠さんは、そんな青年の反論も気にせず答える。

「ええ、思いつきじゃないよ? なんたって大国主さまから直々にいただいた名前だもの」

「は? 誰が」

神威さんの方を見ていた青年は、片眉を上げて翡翠さんを振り返る。

「ん? 今の流れ、君のことに決まってるでしょ?」

翡翠さんが猫姿のまま、綺麗な緑色の目をぱちくりと瞬かせる。絶句したまま翡翠さんをしばらく見つめた後、青年は大きなため息をついて髪をがしがしとかいた。

「まじかよ、あのくそジジイ」

「いや、見た目は若いよあの神様。その呼称はやめたげて」

「めちゃくちゃ長く生きてんだからジジイでいいだろ」

そんな会話が聞こえてきたけれど、大国主さまって偉い神様だよね。翡翠さんをほぼ人間扱いしている私たちも大概ではあるけど、その呼称でいいんだろうか。

「あー……とりあえず『雷火』、さん」

ごほんと咳払いを一つした神威さんが、一歩前に進み出る。

「あんた、何者ですか」

「ん？　んー……」

問われた当の本人は、すぐに答えを返す訳でもなく、眉根を寄せて神威さんをじっと見る。見つめられ、一歩後ずさる神威さん。

「ああ、そうか、若干思い出した」

そんなことを言いながら、雷火さんは腕組みをして「なるほど、なるほどそういうことか」と頷いた。

「こっちは『なるほど』じゃないんですが」

神威さんの言葉にしびれを切らしたような声色が加わる。それを一応は感じ取っているのか、青年は「ああ、焦らして悪かったな」と苦笑した。

「俺はお前と同じ、人間みたいなもんさ。元は神だったけどな」

「も、元は神様だった……？」

どういうことだろう、と呟きを漏らした私の声が聞こえたのか、私の腕の中にいる白寿さまが「補足、いいか」と右手を空中に挙げた。

「正しく言うと、今も半分神だな。半分人間で、半分神といったところだ」

「いや白寿さま、それますます分からないです。そもそも、なんでそんなことになったんです？」

こちらを振り返った嘉月さんがごもっともな一言を入れる。それに対して青年は、渋い顔をしつつ答える。

「なんでっつってもなー、俺もその辺の記憶が曖昧なんだよ。大国主のジジイに、神から半神半人に変えられたってことは覚えてんだけど」

「神様だった頃の記憶はあるんですか？　というか、何の神様です……？」

私はそう聞いてみる。この一見若くて黙っていればめちゃくちゃモテそうな青年、もとはどんな神様だったんだろう。

「あー、まあそこの記憶はあるけどな。どういう土地にいたとか、詳しいことがあんまり……。あとはっきりしねえのは大国主のジジイに会いに行った辺りかな。なんでこんなことになったのか、きっかけが思い出せねえ」

うーんと唸りながら頭を抱える青年。結局何の神様だったのか分からなかった……。

「翡翠、お前『偉い人からの預かり物』ってたよな。じゃあこの元神様とやらの素性も分かるのか」

謎の青年と話すことを諦めたのか、神威さんは翡翠さんへと聞く対象をチェンジする。

問われた翡翠さんは、あっさりと頷いた。

「うん、もちろん。この人はねえ、水を司る神様さ」

「『元』な」

大きなため息をつきながら、黒髪をがしがしとかく元『水を司る神様』。それってつまりは、雨童の強化版かつ神様版ということだろうか。

「で、なんでその神様がこの宝物庫で水晶に封印されてたんだ?」

「まあ、そこの経緯は色々ありまして。彼も色々忘れてるから、その記憶を取り戻す手伝いをしなきゃいけなくてね」

神威さんの言葉に肩を竦める、猫又姿の翡翠さん。猫が肩を竦めるところ初めて見た。

「いや、別に思い出せなくてもいいぜ。このままでも支障ねえし」

「それだと僕が困るんだよねえ。大国主さまから怒られちゃうじゃないの」

「そんなのお前の事情じゃねえか。俺の知ったこっちゃない」

そっぽを向く青年に、翡翠さんがため息をつく。

「ところがね、他にも問題がありまして」

「……何だよ」

青年はそっぽを向いたまま、視線だけをじろりとこちらに寄越す。

「君ねえ、めちゃくちゃ発してるのよ。『負の気』」

「な……」

「そのままだと体に悪いのはもちろん、悪いもの寄せつけちゃうねえ。その上、半神半人でしょ？　力を狙ったでっかいあやかしが来るかもしれないねえ」

ああ困った、と白々しく首を振る翡翠さん。猫がイヤイヤしているみたいで可愛いけれど、言っている内容は結構深刻だ。私も昔困ってたもんな……。

「……それは、本当なのか」

「うん、本当本当」

こくこくと頷く翡翠さんを前に、青年はため息をつきながら肩を落とす。

「……お前なら、その『気』を何とかできるってのか」

「というか、それが僕たちの仕事だもの。この青宝神社の面々のね」

「……」

青年が黙りこくり、むぐぐと眉間に皺《しわ》を寄せて下を向く。私たちも黙ってそれを見守ること、一分ほど。

「……分かった。悪いが、頼む」

まるで苦渋の決断を下したかのような声を絞り出し、青年が頭を下げる。

「うんうん、そう来なくっちゃ！　どんと任せなさい」

「いや待て翡翠、『どんと任せなさい』じゃない。俺たちを置いて話を進めるな」

自分の胸を右前足でドンと叩く翡翠さん相手に、神威さんがため息交じりに苦言を呈する。

「ええとつまりあれですか、そちらの『雷火』さんが今度のお客様ということで？」

「さすがは嘉月、呑み込みが早いね。その通り！」

「い、いえ、それほどでも……」

「くくく、嘉月のやつ照れておる、照れておる」

私の腕の中で、白寿さまが口に手を当てて笑う。私がその様子を眺めていると、横から白寿さまの襟をむんずと捕まえる手が伸びてきた。

「で、お前はいつまでそこに居るんだ？」

白寿さまの襟を掴んだ神威さんは一瞬私にじとりとした視線を向けた後、白寿さまの目の前に回って身を屈《かが》め、視線を合わせる。

対する白寿さまはきょとんとした顔で首を傾げた。

「儂の気が済むまでだが？」

「そうか。もう十分気は済んだろ、少しは自分の足で歩け」

「神威さん？」

神威さんは素早い動きで白寿さまを私の手元から抱き上げ、地面に下ろす。このくだり、さっきも見たような。

「ちょっと神威、話聞いてる？」

「聞いてるよ、その『雷火さん』が客なんだろ。いまから準備するよ」

宝物庫の出口に向かいながら、首だけ振り向いて返事をする神威さんに、翡翠さんはゆっくり首を振った。

「いや、レストランに行くのは明日だよ」

「……は？」

神威さんの声を筆頭に、私と嘉月さん、白寿さまは互いに顔を見合わせるのだった。

◇◇◇◇◇

「おお、この料理美味いな。なんてやつ？」

「ええと、焼き茄子の出汁浸し梅あんかけのせですね」

「これは？」

「梅と青じそご飯です」

「……おい、翡翠。この状況は何だ」

大広間で夕食の卓を囲んでいる最中。

料理の解説を右隣の雷火さんから求められた私が答えている横で、左隣の神威さんがむっすりと、人間姿になった翡翠さんに向かって口を開く。

「いやー、流石に今日はもう遅いからさ。僕たちも店じまいってことで、レストランに行くのは明日にと」

「俺は今すぐにでも解決したいんだが」

「まあまあ。だってもう九時だよ。せっかく夕食の準備もしてたし、お腹減っちゃうじゃん？　彩梅ちゃんだって明日一限あるし、もう白寿だって寝ちゃったしさ。ねえ、彩梅ちゃん」

私は大広間の時計をちらりと見上げる。時刻は夜の九時ちょっとすぎ。

見た目相応な生活スタイルの白寿さまは、一足先にぺろりと晩ご飯を食べてすぐにお休みに行ってしまったし、翡翠さんの言う通り、私は明日一限から授業だ。頑張ればいける気もするけど……。

「いや、頑張れば、いけ――」

「分かったよ、絶対明日だからな」

『いけるかも』と言いかけた私の言葉を遮り、神威さんが翡翠さんに向かって了承の言葉を返した。さっきと言ってることが違う。

「神威さん？」

「あんた、すぐ無理するからな。ほれ、ちゃんと食べろ。お代わりいるか？」

「い、いただきます！」

ひょいとこちらを覗き込まれ、私は食欲に負けてコクコクと頷く。だって、神威さんが作った夕食はとてつもなく美味しいのだ。

焼き茄子の出汁浸しは、焼き立ての茄子を出汁に漬け込んで冷やし、冷たくさっぱりとした梅鶏そぼろあんと和《あ》えた一品だ。ほどよい酸味と出汁の効いた茄子の取り合わせはたまらない。

そしてご飯は、炊き立てのお米に梅に青じそ、それから牛蒡の味噌づけを混ぜ込んだもの。ささっと手軽にできるご飯ながら、こちらもさっぱりとしていて、梅雨のじめじめした時期に食べると更に美味しいのだ。

「んん、やっぱり美味しい……！」

梅雨の湿気も気にならなくなるくらい、満たされた気分だ。そんな満ち足りた幸福の真っ只中に、右から低い声がボソリと飛び込む。

「よく食べるなー、お前。太っても知らねえぞ」

感心と呆れと、ちょっとばかり引いた様子の表情を見せつつ、雷火さんはそんなことを言ってくる。し、失礼な。

「食べられるときに食べておかないと、いざというときに力出ないじゃないですか」

それに、このご飯美味しすぎるんだもん。

雷火さんのからかいにも知らん顔で食べ続けていると、ふと、さっきまでひっきりなしに動いていた雷火さんの箸が止まっていることに気づいた。

「雷火さん、どうしたんですか?」

「……いや。何でもねえ」

何やら煮え切らない答えの上に、雷火さんの表情に少し陰りが見えるような気がする。

いったい、どうしたんだろう。

「……これ、食べます?」

私は恐る恐る、彼の前にデザートの八朔《はっさく》ゼリーをそっと置く。

尾道からほど近い、八朔発祥の地である因島《いんのしま》の八朔をたっぷりと使ったゼリー。しっかりと果汁の詰まった八朔の実がごろっと入っていて、冷やしてそのまま食べても、凍らせてシャーベット状にしても美味しい逸品だ。

「私の今のマイブームは凍らせて食べる方法なんですけど」

「……『まいぶーむ』たあ、何だ？」

しまった、うっかり現代の文脈で話してしまった。そう言えば雷火さんは長い間封印されてたんだし、『マイブーム』なんて単語は絶対に知らないだろう。

「ええとですね」

解説しようと口を開きかけたとき。

「よ、っと」

私と雷火さんの間にぬっと手が割って入り、私は左へ、雷火さんは右へ体を傾ける。

「何だよ人神、いきなり割り込んできやがって」

「ん？　ああ、悪かったな。戻ってくる場所を間違えた」

私がさっき雷火さんの前に置いた八朔ゼリーを、スプーンですくって食べながら飄々《ひょうひょう》と言う神威さん。

「そんないい加減な間違え方があってたまるかよ」

「実際に間違えたんだから仕方ないだろ」

なんだかよく分からない言い合いが始まった。見た目は若い男の人の姿なのに、話している内容がなんだかあれだ。

「はあ……それもこれも全部、彩梅さんのせいですよ。主が、主がこんな迷走した言動をするなんて……」

「はい？　私？　何でですか？」

　私の目の前に座った嘉月さんが手を額に当ててため息をつき、私に向かってじろりと一《いち》瞥《べつ》を寄越す。濡れ衣を着せられた私は困惑するしかない。

「……彩梅さん、それはわざとですか？」

「へ？」

　さっきから何のことを言われているのか分からない。私は嘉月さんを改めて見上げる。

　彼はやれやれと頭を振り、そして片手で頭を抱えた。

「いえ確かに私はあなたのことを見直しましたよ、見直したんですが、改めてなぜこんな鈍感娘が……」

「嘉月さん？」

　何だかさっきから失礼なことを言われている気がするのだけど。神威さんも雷火さんもまだ睨み合ってるし、なんだかこの席は居心地が悪い。

　そんなことをぼんやり考えている私を見て、向かいの翡翠さんがぷっと吹き出した。

「いやー、彩梅ちゃん最高だよ。しかもそれ素でやってるから尚更だよね」

「へ」

「そうですか、これは無意識にやってるんですね……それはもう努力でどうにかなる問題でもないですね」

翡翠さんに被せるように嘉月さんから追い討ちのような台詞を食らい、私は狼狽える。

ちらりと神威さんの方を見ると、なんだか大きなため息をつきながら右手で目を覆っていた。

「空いた皿、片付けてくる」

ガチャガチャと音を立ててお皿をまとめ、神威さんがため息をついて立ち上がる。

「あ、私も手伝います」

「いい。あんたは座ってろ」

続いて立ち上がりかけた私の肩を、神威さんは片手で押さえる。思ったよりも強い力でその場に押しとどめられ、私は戸惑って彼を見上げたけれど。

神威さんはそのまま振り返ることなく、さっさといくつかの皿を持って大広間から出て行った。

「お、怒ってます……？　神威さん」

私は翡翠さんや嘉月さんに、そろそろと聞いてみる。なんだかいつもより少し、素っ気なさが増していた気がしたのだ。

「いんや？　素直じゃないねえ、まったく」

「全部彩梅さんのせいです」

呑気に急須から湯呑に緑茶を注いで飲み始める翡翠さんに、さっきも聞いたような台詞を口にしながら私をジト目で見つめる嘉月さん。

「お前全然分かってねえな、その顔。俺も流石にあの人神が若干不憫《ふびん》になってきたぜ」

私の右隣の席で、雷火さんまでもがそんなことを言いながら、からからと心底面白そうに笑う。

「やっぱり私のせいってことじゃないですか……」

何か素っ気なく対応したくなるようなことをしただろうか、と私は少し気落ちしながら腕組みする。思い当たる節は……。

「いや、確かに結構失礼なこと言ったり思ったりしてる気がしてきました」

「大丈夫大丈夫、そんなことないから。それよりも、今のうちに彩梅ちゃんにお願いしたいことがありまして」

「お願いしたいこと？」

私の悩みを軽く片手でひらひらと受け流して、翡翠さんがぴっと右手の人差し指を立てる。

「そう。雷火にさ、外を案内してあげてほしいんだよね」

「……は？」

私が答えるより早く、雷火さんの方が片眉を上げてぴくりと反応する。

「案内なんざ要らねえぞ。行けってんなら一人で行けらあ」

「そっかそっかー。ところで君、地図読める？」

にこにことしながら翡翠さんが尋ねると、雷火さんはますます眉間に皺を寄せる。

「あー……大体どんなのかは分かるが、それがどうした」

「多分、君が知っているものとは随分様変わりしてると思うんだ」

「ほお？」

「これなんだけどね」

そう言って翡翠さんは懐《ふところ》から何やらごそごそと取り出す。広げてみるとそれは、尾道を描いた地図だった。

そのまま彼は、千光寺山の中腹にある二ヶ所を指さし、「ここが、僕らが普段いる青宝神社と、この屋敷ね」と説明する。

「こっから出て適当に歩くとしても、迷わずに戻って来れる？　記号や線の読み方とか分からないでしょ」

「……分かんねえ。人里はえらい複雑になったんだな」

地図を前に目を白黒させ、雷火さんは翡翠さんの指摘にあっさりと頷いて白旗を上げた。

どうやら雷火さんが知っている地図は、相当古いものらしい。この人、いや神様、どれだけ昔に神様やってたんだろう。

そして二組の瞳が、私の方向を見る。

「と、いう訳で彩梅ちゃん、申し訳ないんだけど街案内お願いしてもいいかな？　僕が行ってもいいいん――」

「お前に借りをつくるくらいなら、彩梅に頼むさ」

「って言うからさあ。ごめんね」

翡翠さんの声を遮って、雷火さんがそっぽを向きながら断言した。翡翠さんは苦笑を浮かべて私の前で手を合わせる。

「いいえ、街案内自体は全然いいんですけど」

私には借りを作ってもいいのだろうか、雷火さん。

「悪いね。多分外に出て街歩きすれば、思い出しやすくなることもあるからさ」

「ん、そうなのか？　聞いてねえぞ」

「だって君、元々この辺りにいた神様じゃない」

「……そうだったのか？」

困惑顔で話す雷火さんと、いつもの微笑み顔で諭《さと》すように話す翡翠さん。私は嘉月さんと顔を見合わせた。

「雷火さんって、昔から尾道にいたんですか？」

「そうみたいですね……僕も今、初めて知りました」

嘉月さんはふるふると頭を振る。そのぽかんとした顔を見る限り、本当に知らなかったらしい。

それにしても。さっき「どういう土地にいたとか、詳しいことがあんまり」とは言っていたけれど、その辺りのことは本当に曖昧なんだな。

「分かりました。私でよければ、お手伝いさせてください」

「お、本当かい？　ごめんね、助かるよ」

翡翠さんの言葉に私はこくりと頷き、「ところで」と雷火さんを見た。

「いつがいいですか？　すみません、私は明日の午前中とお昼すぎに講義が入ってるので、その後になっちゃうかと」

「……いつでもいい。迷惑かけてるのは俺だし、俺が合わせる」

ぷいとそっぽを向かれての返答だけれど、言っている内容は謙虚だ。口調は荒っぽいけれど、いい人なのかも……。

「あ、ありがとうございます。じゃあ明日の十四時半に講義が終わるので、その後で」

「りょーかい。悪いな」

意外と素直に頷く雷火さん。

「あ、十七時くらいには帰ってきてくれると助かるかな」

「分かりました、翡翠さん」

翡翠さんとも予定をすり合わせつつ、明日の予定があっという間に決まる。

「ああ、そろそろ主が帰ってきますね。これを知ったらどんな反応をすることやら……」

「だからぎりぎりまで黙っといてよ。分かってるよね嘉月」

「分かりました、分かりましたからその満面の笑みをやめてください翡翠くん。プレッシャーが……」

やれやれと首を振りながら、嘉月さんがため息をつく。何で黙っておくんだろう？

私が首を捻っていると、大広間の襖ががらりと開く。姿を見せたのは、先ほど席を立った神威さんだった。流石、嘉月さんの言う通りだ。

「食べ終わったか？」

「あ、はい、先ほどすっかり！」

嘉月さんがぎくしゃくと頷いて立ち上がる。対して、怪訝《けげん》そうに眉を顰める神威さん。

「なんだ嘉月、妙によそよそしいな」

「いえ、決してそのような……」

「彩梅ちゃん疲れたでしょ、もう休みなー」

挙動不審な嘉月さんに詰め寄る神威さん、そしてその光景をバックに、私に部屋に帰るようやんわりと促す翡翠さん。なんだか翡翠さんの目がガチだ……。

「わ、分かりました。お休みなさい」

触らぬ神に祟《たた》りなし。面倒ごとになる前にと、私はとっとと退散したのだった。

◇◇◇◇◇

「坂、結構きついから後でロープウェイ使いましょうか」

私が振り返りながら提案すると、後ろを歩いていた雷火さんはこくりと頷いた。

……やっぱり綺麗な顔だな……。

そう思いつつ、不思議そうな顔で首を傾げられた私はぐりんと顔を進行方向に戻す。

いかん、街案内に集中せねば。

昨日翡翠さんに頼まれた通り、大学の講義を終えた私は雷火さんを連れて尾道案内をしていた。

「ところで、『ろーぷうぇい』って何だ？」

「山のふもとからてっぺんまで、連れていってくれる乗り物です」

「ふうん。便利な世の中になったもんだなあ」

心底感心したような顔をしてから、雷火さんはばつが悪そうな顔をして頭をかいた。

「悪いな、付き合わせちまって。体力がまだ戻ってねえから助かる」

「いえいえ、全然です。私も散策したかったですし」

梅雨の合間の、晴れた日。私は山登りの前に、まずは街の中心部を見せようと尾道商店街を歩いていた。

長く続くアーケード街には、ちょうど学校の下校時刻や夕方にかけての買い出しの時間ということもあって、学生さんや、買い物袋を提げた人たちがたくさん行き交っている。

あ、パンの買い食いをしている高校生らしき子たちもいる。

「いいなあ、今度パン買いに行こうっと」

そう呟きつつ、私はせっかくなら一緒に行こうと大学の友人たちを思い浮かべる。

今の私の気分はカレーパンだからそれにするとして、確か澪はあんぱんが好きだって言ってたから多分それで、ああでもあんぱんもイチジク入りとか色んなものがあるから……。

「おい、こっち左でいいのか?」

「あ、はい。そっちに行けば線路が見えてくるので、その下のトンネル通りましょう」

私はパンのことを頭から引きはがし、雷火さんへ目を戻して頷いた。

今までいた本通り商店街の道を、石見銀山《いわみぎんざん》街道とぶつかるところで左折する。

左手のところに、青い看板に白抜き文字で「ロープウェイのりば」と方向が示されている。ちょうどいるのも目印だ。そのまま通り沿いにまっすぐ進み、尾道のお土産屋さんの前に差しかかる。

「あ、八朔ソフトと八朔ジュース、美味しそう」

ふらふらとお土産屋さんの看板に吸い寄せられた私の襟首を、雷火さんがガッと掴んだ。

「おいおい、行くんじゃねえのかよ、寄り道すんな。つーか、ロープウェイってやつは食べもん持ったまま乗っていいのか？」

「うっ」

おっしゃる通りで。雷火さんにマナーを諭され、私は襟首を掴まれたままうなだれる。

「……そんなしょげるなよ。今度改めて食わせてやるよ」

「いえ、それは自分で」

「あー、めんどくさいタイプだなお前」

耳をほじりながら私をずるずる引きずっていく雷火さん。ああ、食べたかった八朔ソフトに飲みたかった八朔ジュース。

そのまま半ば引きずられるようにして、私は雷火さんと信号を渡り、線路下にあるトンネルの中へ。

「なんだこのほら穴……ってうわあ、なんか上でごうごう言ってってぞ⁉」

「あ、ちょうど電車が通ったんですね。この上、線路なんで」

蔦の絡まった洒落たレンガ壁のトンネル。物珍しそうにきょろきょろしていた雷火さんは、どうやら電車の音にびっくりした様子。

「で、でんしゃ？」

そうか、そこからか。

「電気で動く、人をたくさん乗せて走る乗り物です」

と説明しつつ、もしや「電気」も分からないのでは？ という疑問が頭をよぎる。

案の定、私の語彙《ごい》力のない拙《つたな》い説明を受けた雷火さんは「電気……電車……」と遠い目をしている。

あ、これ嫌な予感するな。私の語彙力じゃ、これから先やっていける気がしない。

「うわあ、なんだあれ⁉ でかい箱が空中に浮いてやがる……なんだ、こんなに大っぴらに力を使う神がいるのか⁉」

しばらく歩き、トンネルを抜けた先でそんな大声が聞こえ。やっぱりかい、と私は頭を抱える。

興奮して「彩梅、箱が浮いてるぞ、箱が！」と言う雷火さんと、頭を抱える私を不安げに見比べて通りすぎていく人たち。他にも自転車で通りすぎていく人や人気の喫茶店前に並んでいる人、ロープウェイ乗り場のチケット売り場に並んでいる人までもが、なんだなんだとこちらを見ている。ああ、不審がらせて申し訳ない……。

「雷火さん、落ち着いてください。あれは珍しいモノじゃありません」

「あん？ だって箱が」

「ええ、浮いてますね、浮いてるんですけど、よく見てください。あれがさっき言ったロープウェイです。ここから山頂まで頑丈な鋼鉄製のロープ……まあ縄みたいなものが張ってあって、それに吊るされて動いてるんです」

「おお、本当だ。よくあんな糸の上で動いてやがるな。やるな、人間は」

ロープウェイのワイヤロープとゴンドラを見つめながら、しみじみと言う雷火さん。つ、疲れた……。

「……とりあえずあれに乗るにはそのための券が要るので、大人しく待っててください」

いいですねと私が念を押すと、「お、おう」とたじろいだような答えが返ってきた。よしよし。

そのまま彼は物珍しそうにしながらも大人しく私の隣に並び、無事にチケットを買うことができた。

「そうか、これに乗るのか。懐かしいな、空は」

チケットを受け取り、乗り場がある建物からゆったりと架線に従って流れ出すロープウェイの箱を見上げながら、雷火さんがふと呟く。

「空が、懐かしい？」

「いや、なんでもねえ。行くぞ……ってか、どっちに行きゃいいんだ？」

「あ、こっちです。まず乗り場に着くにはエレベーターに」

言いかけてからはっとする。これ、ひょっとして……。

「なんでい、えれべーたってのは」

「……」

何度目だ、このやりとり。いや、仕方ないんだけども……。

これから数分後に響くであろう雷火さんの驚きの声を予想して、私はまた頭を抱えるのだった。

◇◇◇◇◇

「つ、疲れた……」

「お前、存外体力ないのな」

なんだか失礼なコメントが聞こえてきたけれど、ノーコメントで行こう。

ロープウェイで上の駅で降りて、乗り場を出たところで私はがっくりと肩を落とす。

「しっかしあれだな、見事な景色だったな」

「本当にそうですね」

こればかりは私も即答で頷く。

ぐんぐんと上に上がっていくロープウェイのゴンドラから見える景色は、何度見ても飽きない。ゴンドラは山肌に沿って上っていくので、そこから眼下を見下ろすと、自然と街を振り返るような形になる。坂の街である尾道全体の街並み、尾道水道、対岸の向島、その向こうの島々までも見渡すことができる光景だ。山と海と街がひとまとまりになった景観を体感できる。

エレベーターやロープウェイの仕組みに戸惑って騒いでいた雷火さんも、流石にこのときばかりはじっと黙って、ゴンドラの窓ガラスの向こうの景色に見入っていた。

「にゃあお」

足元で鳴き声がして、私はそちらへ目を向ける。気がつけば白い猫がゆらゆらと尻尾を揺らしながらゆったりと歩いていて。視線を巡らすと、近くのベンチの上にも黒色と灰色の猫が二匹、後ろ足で頭をかいたりぐうすか眠っていたりしている。

「ベンチの上で寝てる……かわいい」

「翡翠はなんか癪《しゃく》に障るが、こいつらはかわいいもんだな」

そんな猫たちに近づいて、雷火さんは先ほど後ろ足で頭をかいていた灰色の猫の頭を、ふんわりと撫でた。その手つきは優しく、そしてその眼差しにも温かみを感じる。

あれ、結構優しいところもあるのかも……。

私はそんな平和な光景を眺めたのち、ぐるりと周りを見遣る。

今出てきた乗り場を背にして、右はベンチと猫、正面は展望台のある広場へ続く階段になっている。

その左には、何やら波打った形の柵のようなオブジェがあった。クリーム色で、滑らかな曲線を描いて上下に大きくうねっている。

オブジェに近づくと説明書きがあった。私はそれを読んでみる。

「『臥龍垣《がりゅうがき》』?」

毛筆でそう、書いてあった。

名称の横には更に説明が続いていた。書いてあったのは、『尾道に伝わる龍伝説』。

――『その昔、瑠璃山中の蛇が池に棲む一匹の大蛇。屋根づたいに這い出た大蛇はやがて龍に変わり、海龍寺から地中に潜り、対岸の向島、その先の海域から昇天した。そのときにできたのが「百貫島」と伝えられている。その理由は――』

「彩梅、そろそろ行くぞ」

後ろから声をかけられて振り向くと、雷火さんはすでに歩き出していた。

「は、はい!」

見事な臥龍垣を最後に一瞥し、私は身を翻してその後を追う。

「で、どこに行くんだ」

「ええとですね」

私は地図を確認しながら考え込む。尾道散策に千光寺は欠かせないし、ここからそこへ降りていくとすると。

「そうだ、『文学のこみち』通っていきましょう！」

「文学のこみち？」

「山頂から下っていく遊歩道です。あちこちに石碑があって、尾道を訪れた詩人さんや小説家さんの、作品の一部が刻まれていたりするんですよ。合間に見える景色も綺麗ですし」

尾道の歴史は長く、その素晴らしい景色を目にするために訪れた小説家や詩人が昔から数多くいる。

「分かった。行くか」

「はい！　こっちですよ」

そうして私たちは、ロープウェイ乗り場の横に回り、翠松《すいしょう》の間から続く遊歩道へ足を踏み入れた。

山の中に作られた遊歩道だから少し急なところもあるのだけれど、雷火さんはひょいひょいと岩伝いの細道を、軽やかに降りてゆく。

ところどころ花崗岩《かこうがん》の岩肌に、様々な尾道にまつわる詩歌や小説の一部が刻まれている。

「へえ、おもしれえなこの道。景色も見えらあ」

しばらく歩いていると、雷火さんが木々の間から見える景色に目を細めて立ち止まった。

海の美しさ、島の美しさ、横たわる穏やかな瀬戸内海のきらめき。それをじっと眺めてから、彼はまた口を開いた。

「それにしてもこの文字ありの石碑、たくさんあるんだな」

「二十六個あるそうですよ。ほらこれとか、有名な小説の一節です。暗夜行路《あんやこうろ》」

私はちょうどすぐ歩いたところにある、石碑を指さす。

――『六時になると上の千光寺で刻の鐘をつく。ごーんとなると直ぐゴーンと反響が一つ、又一つ、又一つ、それが遠くから帰ってくる。其頃から昼間は向島の山と山との間に一寸頭を見せている百貫島の燈台が光り出す。それがピカリと光って又消える。造船所の銅を溶かしたような火が水に映り出す。』

細く流麗な筆致で文字が刻まれている石碑。

「……志賀直哉《しがなおや》？」

「ええ！　有名な小説で、舞台も書かれた場所もこの尾道らしくて。実際に住んでいた家の跡から、この描写のまんまの景色が見えるらしいですよ」

「向島に、百貫島……」

私が説明する横で、雷火さんがどこか遠い目をしてぶつぶつと呟いている。あれ、どうしたんだろう……。

「雷火さん？」

返答なし。私はすうと息を吸い込んだ。

「む、お前、なんか企んでるだろ」

私が雷火さんの耳元で大声を出そうとした瞬間、雷火さんがぴくりと反応して我に返った。

「わあ、勘がいいですね」

「お、お前、何する気だったんだ……？」

思いっきり引いたような顔で、私から距離を取る雷火さん。そんなにビビった顔しなくても。

「人聞きの悪いこと言わないでください、急に反応なくなったから、ちょっと大声出して呼んでみようとしただけです」

「……ああ、悪いな。ちょっとぼうっとしててよ」

「大丈夫ですか？　体調が悪いとかじゃ……」

「いや、そういう訳じゃねえ」

そう言いながら、ばつが悪そうな顔で雷火さんはガシガシと黒髪をかく。

「それよりも、悪いんだがちょっとばかし頼みたいことがあってよ……」

「い、いいですよ。私にできることであれば」

なんだか真面目な調子で切り出され、私は恐る恐る頷く。数十秒迷うような仕草を見せた後、雷火さんはどこか思い切ったような調子でこう言った。

「また、案内してくれると助かる。その……久しぶりに楽しかったからよ」

「え、ええ、全然いいですよ」

なんだ、もっとハードルの高いお願いかと思った。私は内心ほっとして胸をなで下ろす。

確かにもう日が傾き始めているし、千光寺にも寄っていきたいので、他のところを回る時間はなさそうだ。

よし、その次のときまでに、もっといろいろ勉強してこよう。

「ちなみに、次回行きたいところはありますか？」

「そうだな」

彼は少し考え込むようなそぶりを見せてから、「ああ」と手を打った。

「曼荼羅堂《まんだらどう》……あとは千光寺にも」

「千光寺なら、これから行きますけど」

私はそう答えながら、内心首をひねる。

『曼荼羅堂』——そんな感じの名前のところ、この街にあっただろうか？

「本当か！　じゃあどんどん行くぞ」

ぱっと顔を輝かせて、すたこらと道をまた歩き出す雷火さん。

「あ、待ってください！」

あっという間に遠ざかる彼の背を追って、私もまた、歩を進めるのだった。

◇◇◇◇◇

尾道散策から戻った私と雷火さんは、まっすぐ青宝神社に戻った。時刻は黄昏時への差しかかり。

「……お帰り」

「た、ただいまです」

神社に近づくなり、鳥居のすぐそばに神威さんが居るのが目に入る。

まさかこんな入り口で出迎えられるとは思っていなかった私は、たじろぎながら「ただいま」の言葉を口にした。なんだかここが、自分の家のように感じられて照れくさいけど。

それよりも。なんか神威さんの周りの空気が重い気が……。

「……遅かったな。早く入れ」

神威さんはそう言うなりくるりと背を向け、すたすたと神社の社殿の方へ歩いて行ってしまった。

「え、神威さん？」

「あーあ、お前も苦労すんなあ、あれじゃ。俺のことも完全に無視しやがって」

私の隣で雷火さんが大きなため息を吐く。

「はい？　それはどういう意味で」

「彩梅さん、やっと帰ってきましたか！」

神威さんと入れ違いで、神社の奥の方から人影がずんずんと近づいてくる。背の高い男性の後ろから、夕暮れの光を茶髪に受け、神々しい髪の毛の色になっている猫神さまもひょっこり顔をのぞかせた。

ついでに言うと、その翡翠さんは何やら私を見てジェスチャーをしていた。両手を胸の前に合わせて拝み、しきりにぴょこぴょこと顔の前に持ってくる仕草。何となくだけど、謝っているように見受けられる。

「彩梅さん、聞いてます？　仕事ですよ、し・ご・と！」

「あ、はいすみません！」

私は目の前に到達した嘉月さんの勢いに押されて思わず後ずさり、慌てて背筋を伸ばす。それを見て嘉月さんは「まったく……」やら何やら、ぶつぶつ言っているけれど。どうやら若干ご機嫌斜めのご様子だ。

いったい何があったのだろうか。

「やー彩梅ちゃん、待ってたよ。お帰りお帰りー」

手を合わせるジェスチャーをやめた翡翠さんがひらりと手を振り、足を止めた。

「じゃあ、行こうか。レストラン『招き猫』に」

「あ、そっか。今日は雷火さんが『お客様』ですもんね」

私は頷き、黄昏時の、夕闇に浸食されつつある空を見上げる。そのときだった。

「――『誰そ彼時に、通りゃんせ』」

あの例の『まじない』を唱える声が、ふと聞こえた。

「え」

私と嘉月さんは揃ってその声の主を見る。二人分の視線が突き刺さった雷火さんは、悠然とした微笑みを崩さないままそこにいた。

「あの、雷火さん。なんでそのまじないを」

なぜ、その呪文を知っているのだろう。この呪文は青宝神社の面々しか知らない呪文。言霊に呼応して、その呪文を唱えた対象のモノの、元の姿が出てくるまじない。

「あ、彩梅さん……」

私の隣で、ゴクリと嘉月さんが唾を呑む。ぼんやりしていた私は、彼が震える手で指さす、雷火さんの足元の影の形を見て息を呑んだ。

「なんてことでしょう……そうか、水を司る神、しかもこの影の形ということは」

嘉月さんは、顔に手を当てて呻く。

「雷火殿は、龍神様だったのですね。姿が人間のまま、影だけが龍神様なのは、今は半神半人だからですね……」

そう。雷火さんの体から伸びている影は、大きな『龍』のものだったのだ。

「そうだ。彩梅と街を散策したおかげで、少し思い出したぜ。俺は元龍神で——この、千光寺や曼荼羅堂がある地に、居たことがある」

そんなことを言いながら。雷火さんは、どこか懐かしむように、空を見上げるのだった。

◇◇◇◇◇

むかしむかしの、そのまたむかし。

尾道三山の一つである『浄土寺山』が、木々に深く覆われていた頃のこと。巨大な龍たちが、その森の中の、とある池に棲んでおりました。

池の名は、『蛇《いや》が池《いけ》』。

この地は尾道に昔からあった千光寺の宝玉のおかげで、水も土地も澄んでおり、その景色の美しさは誰もが見惚れるものでした。龍たちは、そんな土地の、このひっそりとした池がとても気に入り、長い間暮らしていました。

そして一口に龍といえども、その種類は様々でした。

気性が荒く、海を荒ぶらせる者。人々の願いに応え、雨を降らせてやる者——共通しているのは、龍は水を司る者だということ。

その中に、見た目は猛々《たけだけ》しく態度は素っ気ないものの、とても心優しい、白銀の鱗《うろこ》を持つ龍がいました。

　その龍はその昔、水不足に悩む人々の願いに応え、雨を降らせたことがあったと伝えられていました。

　人々は尊敬の意を込めて、その龍を『龍王さま』と呼びました。

　ですが、その龍が棲む池には、他にも気性の荒い龍がいます。人間の大人もおいそれとは近づけず、決して一人で近づかないよう、子供たちにも言い含めていたのです――。


「――ええと、この話の流れって、その白銀の龍が雷火さんってことですか？」

「そうそう。まあ、続きを聞いておくれよ」

　レストラン『招き猫』の厨房《ちゅうぼう》で、レストランでの白シャツに黒エプロン姿となった翡翠さんがにっこりと笑う。

　その姿はいつもながら飄々としていて。隣に立つ神威さんが『白紙のメニュー表』を持ったまま目をつぶり、どこか悩んでいる雰囲気なのと比べると、同じ格好ながら、どことなく対照的だ。

「そうです、彩梅さん。ここで翡翠くんがそのお話を始めたということは、必ず意味があるのですよ」

「う、そうですよねすみません……」

「いえ、戸惑う気持ちも分かりますけどね。僕も驚きました……龍神様なんて、大物じゃないですか。なんでそれがうちの神社に」

翡翠さんたちと同様、白シャツ黒エプロン姿の嘉月さんが、呆然としたような表情で首を振る。どうやらまだ衝撃から立ち直れていないらしい。

「ちょっと昔話をしようか」と切り出した翡翠さんから聞かされたお話の、『龍』のワード。そこから先ほどの影を思い出し——雷火さんの正体が気になって仕方なかった私は、つい口を挟んでしまったのだ。

それくらい、さっき見た彼の『影』は衝撃的だった。その影は巨大で、青宝神社の敷地内を凌駕《りょうが》するくらいだった。雄大で、猛々しく、神々しい。影からだけでも、そんな印象を与えられた。

お話に出てきた『浄土寺山』は、尾道市街の東部にある瑠璃山の別名だ。雷火さんは本当に、ここのすぐ近くで暮らしていたのだろうか。

「さあさあ、それではお立合い。昔話の続きをしよう」

微笑みながら、翡翠さんは口元に人差し指を一本立て、続きを再開したのだった。

——ある年の、ある夏のことです。日照りが続き、田も畑も干からび、あらゆる植物が、その命の灯火《ともしび》をどんどん消していきました。

どんな策を講じても、もはや人間に打つ手はなく。人々は龍王さまへお願いするしかありませんでした。

日照りと飢《う》えの続く日に耐えかね、人々は意を決して、伝説の龍への恐怖心を抱えながらも、松明を手に蛇が池のある森へと向かいました。

「おや、何だい何だい、人間がこぞってぞろぞろと」

しかしその池の前に寝そべっていたのは白銀の龍ではなく、赤い鱗の龍でした。彼はギロリと人々を睨み、ゆっくりと起き上がります。

人々はたじろぎ、押し殺した悲鳴を上げる者もいました。彼らが用を伝えに来たのとは、違う龍だったからです。

「……ほう。その様子、お前たちの言う『龍王さま』に願いに来たんだな。帰るがいい、なぜ我らが人間の願いを、人間の都合で聞かねばならん」

しっしっと追い払うような仕草を見せ、目を細めて人々を見下ろす赤い龍。人々はそのにべもない返事に息を呑みました。

そのときです。

「何やら騒がしいと思って来てみれば……何をやっているんだ」

大きな水しぶきと共に、池の中から白銀の龍が現れたのです。

「人間さまが、お前に用があるんだと。やめとけやめとけ、普段は我らを怖がるくせに、困ったら都合よく願いに来る人間の相手なんざ」

「俺に用だと？」

赤い龍の言葉に短く返し、白銀の龍は村人たちに向き直りました。

「どうした。言ってみろ」

「は、はい。龍王さま、どうか私どもの願いを、聞いてください」

村人たちは恐怖に怯えつつも、懸命にそう言い募りました。

「日照り続きで水も足りず、作物も育たず、もう打つ手がないのです。このままでは、大勢が死んでしまう」

――どうか雨を、降らせてください。

そう口々に、人々は龍王さまにお願いしました。

「そうか……そんなことに……」

白銀の龍は目を見開き、何かを探すような仕草を見せます。その横で、赤い龍は唸るような咆哮を上げました。

「帰れ。こいつはな、お前たちを怖がらせまいと案じて、人里を避けてきたのだぞ。それをいきなり訪ねて来て、願いを聞けだと？　こいつが力を使えば、それ相応の苦しみを味わわねばならん。雨を降らせた期間と同じだけ、こいつはひたすら灼熱《しゃくねつ》の苦しみに内側から焼かれるのだ。同胞として見過ごせるか」

「お前は落ち着け。俺たちは彼らにとって異質なモノだ、怖がって近寄らないのも仕方ないだろう」

赤い龍をたしなめ、白銀の龍は辺りを見回しながら大きく息を吐きました。

「何にせよ、お前たちの望み、しかと受け取った」

「おい！　お人好しも大概にしろよ。人間になんざ肩入れしたら、辛いのはお前だぞ。この前のガキだって……」

「……なに？」

途端に目と声を鋭くした白銀の龍の迫力に、赤い龍は言葉を詰まらせ、「……勝手にしろ」と言い捨てて池に戻って行きました。

「すまなかったな、待たせて」

深いため息と共に、白銀の龍は村人たちに向き直り。

「――人間よ。叶えてやろう、お前たちの望みを」

大地に響くような声でそう言ったかと思うと、ぬうっと天を振り仰ぎました。

「風よ、雲よ、雨よ、我が元に来い。天の恵みを、我が前に降らせよ」

龍が唱えるや否や、風がごうと吹き、天に稲妻が轟き、あっという間に大雨がこの地にやって来たのです。

人々は、火のかき消された松明を手に、喜びに打ち震えました――。

「そこまで聞くと、いい神様の、いいお話に聞こえますけど……」

翡翠さんは昨日雷火さんに、こう言っていた。

「君には負の気がある」と。

つまり、何かしら、負の気を持ったままになってしまっている原因があるということで。

「そう、察しがいいね。色々あるんだ、このお話には」

翡翠さんは茶目っ気たっぷりにウインクし、また話を始めた。

むかしむかしの物語の、その続きを。


——日照りが収まってからしばらく経った、とある朝のこと。白銀の龍は、池に棲む他の龍たちに別れを告げ、浄土山のふもとにあった曼荼羅堂へ向かいました。

そこで寺の和尚《おしょう》さんにも尾道を去ることを伝え、そのまま龍は尾道水道に飛び込みます。

それから瀬戸内海を泳ぎ、尾道と四国の真ん中にある百貫島に上がりました。

「……俺はもう、ここには居られない」

そう呟くと、龍は白銀の鱗を煌めかせながら、遠い空の向こう、天高くへと昇って行ってしまいました。

——やがて曼荼羅堂は、龍が通って海に入ったということから『海龍寺』と名を改めたのです――。

「これが、尾道に伝わる龍伝説……の、一説だね」

　ご清聴ありがとうございました、と翡翠さんは微笑んだ。

「彩梅さん、どうかしました？」

「いえ……ちょっと、引っかかるところを感じまして」

「引っかかること？」

　引っかかるというと語弊《ごへい》があるかもしれない。記憶の一部が刺激された、という方が正しい。

「龍に海龍寺に百貫島。曼荼羅堂……」

「今の翡翠くんのお話に出てくるところですね」

　嘉月さんの言葉に、私はこくりと頷く。

「あの、今日、千光寺山に行ったときに読んだんです、『尾道に伝わる龍伝説』。それに、向島とか百貫島とかそういうワードがあって。それから『文学のこみち』の石碑を見て、雷火さんはぶつぶつ呟いてました」

　伝説の書かれた立て札。石碑を見つめながら呟いた雷火さん。それらを思い出しながら、私はみんなに伝える。

「ああ、龍伝説か。ロープウェイ乗り場を出てすぐのところね。……その伝説、一番最後の文、覚えてる？」

「覚えて……ます」

確か、書き出しはこうだ。

――その昔、瑠璃山中の蛇が池に棲む一匹の大蛇。屋根づたいに這い出た大蛇はやがて龍に変わり、海龍寺から地中に潜り、対岸の向島、その先の海域から昇天した。

「そのときに、できたのが『百貫島』で」

そして。

「その理由――昇天した理由は、『飢饉《ききん》のおり、村人の願いが重くのしかかり、責任を感じ昇天に至る』って……」

「そう、その通り。よく覚えてるねえ」

翡翠さんが目を丸くしてこくこくと頷く。どうやら私が覚えていたのが想定外だったらしい。

そんな話をしていると、それまで黙っていた神威さんが声を上げた。

「これ、どういうことだ」

見ると、彼はつぶっていた目を開け、眉根を寄せていた。

「どうしたのですか、主」

自分の疑問は後回しにして、嘉月さんは神威さんへそう言葉をかける。一方、神威さんは顔を上げてこう言った。

「メニューにまつわる記憶が、二つ見える」と。

◇◇◇◇◇

「翡翠はこの分量で粒あんの準備を頼む。嘉月は蓬《よもぎ》と……あと、このリストのものを買ってきてくれないか？」

「りょうかーい！」「もちろんです」

快く引き受けた翡翠さんと嘉月さんに、神威さんは気まずそうに首をかく。

「いつも悪いな」

「何をおっしゃいますか、僕たちはやりたくてやっているのですよ」

にこやかに言いながら、ポンという音を立てて、嘉月さんは八咫烏の姿になり。その大きな翼をはためかせ、窓から出て行った。

「さて。蓬餅と、早妻《さつま》汁を作るから、あんたはその助手を頼む」

「了解です」

私はエビ茶色の袴を翻して敬礼をして見せた。

「今回は餅つきで餅をつくんじゃなくて、『煮蒸《にふ》かし』からの『半《はん》ごろし』にする」

なんか今、物騒なワードが出てきたような。

「……聞き間違えました？　半……なんですって？」

「半ごろしな。そんなおどろおどろしい意味の言葉じゃないぞ」

神威さんの解説によれば、炊いたお米をすりこぎで潰して作るやり方なのだという。

「ここでいう『半ごろし』ってのは、米を全部潰すんじゃなく、餅の状態にまでならないよう米粒が半分残る程度に潰すことだ」

「ほー……」

「……分かりやすく言うと、今でいう、おはぎやぼたもちを作るのと同じ方法だな」

「なるほど、よく分かりました！」

全く分からない顔をしていた私に、神威さんが分かりやすく説明し直してくれる。ありがたい。

「白寿の件で餅パーティーをしただろう。あいつ、餅が気に入ったらしくてな。お陰で一晩水に浸したもち米はもうある。ていうか常にある」

「は、白寿さま……」

日常的に食べたかったんだな。

神威さんと私はてきぱきと米を炊く準備を始め、無事に米の炊き上がりを待つことに。

そこで私は、ふと首を捻った。

「どうした？」

「あの、これって今から作るんですよね？」

「そうだが。それがどうかしたか」

何を当たり前のことを、というような調子で言われて私は口をつぐむ。

いや、もしかしたら私が間違えているのかもしれない。

「……いえ、何でもないです。次は何をすればいいですか？」

「早妻汁の刺身の漬けダレを作ってくれ」

「了解です」

私は頷き、神威さんの指示に従って調味料を用意する。

醤油にみりん、日本酒と胡麻《ごま》を少々、それに七味。用意している間に、神威さんは手早くネギ、大葉、柚子皮、玉ネギといった薬味を次々に細切りにしていく。

「次は蒟蒻《こんにゃく》だな」

「はい！　細切りして味付け、ですよね」

「話が早くて助かる。頼んだ」

私は神威さんの言葉に頷き、冷蔵庫に入っていた蒟蒻をひたすら千切《せんぎ》りしていく。

翡翠さんは黙々と粒あんの準備を進め、私と神威さんはお互いの手元の包丁に集中し、沈黙がキッチンを覆っていたそのときだった。

「来てやったぞ」

この場にいるはずのない声が後ろから聞こえ、私は包丁を置いて大慌てで振り返った。

「あ、雨童さん⁉」

「む。何を作っておるのじゃ？」

いつもの扇子で口元を隠しながら、雨童が興味津々《きょうみしんしん》に私の手元を覗き込んだ。

「『早妻汁』です」

早妻汁は、漁師町で生まれた広島の郷土料理だ。

香ばしく焼いた魚の身をすり潰し、味噌と一緒に、魚の骨を煮出した汁に加える。それに細切りしたネギや薬味、蒟蒻を加えて混ぜ合わせ――最後にタレに漬け込んだ魚の刺身を入れる。

そうしてそれを、ほかほかのご飯の上にかけて食べるのだ。いわば「魚のすり身と刺身のぶっかけタレご飯」。

「ふむ……して、わらわは何を手伝えばよいのかの？」

「て、手伝い？」

私が尋ねると、雨童はこくんと頷いた。

「あの八咫烏が訪ねてきたのじゃ。料理のための助太刀が欲しいと」

八咫烏とは、先ほどお使いを頼まれた嘉月さんのことだろう。だけど彼は、あやかしとして上位である雨童のことを恐れていたはず。自分から頼みに行く訳がない。ということは。

恐る恐る隣にいた神威さんを見遣る。私の驚愕《きょうがく》も何のその、彼はしれっとした顔で「よく来てくれたな」と雨童の方を振り返った。

「いや、助かる。今日は時間の割に仕込みが必要な料理が多くてな」

「ふむ。どれじゃ？」

「あ、まずはこっちお願いできる？」

翡翠さんがひょいと顔を出し、小豆《あずき》を煮ている最中の鍋を指さす。雨童は「よいよい」と言いながら、鍋にしばし手をかざした。

い、いったい何が……？

「うん、それくらいでオッケー。いや助かるよ、本当ならもっと時間がかかるからさ」

鍋を覗き込んで、満足そうに言う翡翠さん。

「え、あれ……？」

私は目をこすり、そしてもう一度、先ほど雨童が手をかざした鍋の中身を見る。

おかしい。鍋はまだ、小豆を煮始めた直後のはずなのに。

「雨童は水関係の、温度やら時間の調整に強いからな」

すっかり炊き上がっている小豆を見てぽかんとしている私に、神威さんがそう説明してくれる。

「ええ、ひょっとしてそのために呼んだんですか……？」

私はふと思い出す。そういえば前、雨童の屋敷で調理をすることになったとき、雨童の使い魔の少女、睡蓮《すいれん》が似たようなことをしていた。

あの子は一瞬で、冷蔵庫の中の寒天を固めて見せたのだっけ。そしてこうも言っていたような。

『雨童さまの使い魔だから、少し水属性のものが操れるだけだ』と。

「そうじゃ、わらわが居れば調理も早く済むぞ。崇めるがよい、感謝するがよい」

かかか、と笑う雨童。そのすごい能力、こんな小さなことに使っていいんだろうか。

「助かる、雨童。ありがとう」

「おお神威、もっと言っておくれ」

そんなやりとりをしている涼しい顔の青年と、嬉しそうに目を細めて笑う雨童。

あやかしの中でも高位に属するこの雨童を、料理の助手として召喚できる神威さんたち。

大声では決して言えないけれど、もはや図太いと言ってもいいだろう。その堂々たる風格に、私は思わず内心で敬礼した。

「まあ、これらの調理器具自体、特別な術がかかっているモノのようだがの。わらわがいた方がより早い」

私がさっき疑問に思いつつもそれ以上追及できなかった、「お米炊くのに時間かかるんじゃないか？」問題は雨童の活躍によって無事解決した。

そしてちょうど良いタイミングで、買い出しに行っていた嘉月さんが戻ってきた。

「ただいま戻りました。――おや、さっそく雨童さまも。本当にありがとうございます」

大きな黒い翼をバサリと翻し、買い物袋を提げた神々しい八咫烏が窓枠に止まる。そしてポンという音とともに、彼は人間の姿に転じて見せた。

「なんの。また気が向いたら来てやるから、呼ぶがよい。な？　彩梅」

後半でぐるりと私の方を向いた雨童の姿に、私は思わず背筋を伸ばした。

「は、はい！　ありがとうございます」

「うむ。よろしい」

よく分からないが、満足したらしい。ご満悦な様子の雨童は、「では次はどれじゃ？」と私たちを促した。

――と、いう訳で。私たちは雨童という心強い助っ人を得て、さくさくと料理を作っていった。

嘉月さんが仕入れてきた魚のいくつかを焼き、すり鉢ですって味噌と胡麻で和える。魚の刺身は、私が先刻作った漬けダレに浸し、余った漬けダレを蒟蒻と一緒に煮る。

これを熱々の炊き立てのご飯に載せ、すり下ろした生の山葵《わさび》と一緒に熱い出汁をかければ……コノシロや黒鯛《くろだい》、鯛や鯵《あじ》や鰯《いわし》のすり身と刺身をふんだんに使った早妻汁の出来上がりだ。

私たちがそれを作っている間に、翡翠さんも蓬餅を手際よく作っていた。

蓬は塩を入れた熱湯で茹で、水にさらし、水から引き上げたら絞り、刻んですり鉢でする。米が炊けたら、先ほどの蓬を散らし入れ、すりこぎで米が半分くらい潰れる状態になるまで潰し——これがいわゆる「半ごろし」だ——蓬と混ぜ合わせる。

そうして潰した米を丸め、内側に粒あんを入れれば完成だ。

「よし、完成だ」

出来立ての料理とお餅を前に、翡翠さんは意味ありげにニヤッと笑ったのだった。

◇◇◇◇◇

「雷火ー、起きてー」

準備を終え、みんなでレストランの店内へ行くと、雷火さんは店の真ん中のソファー席に背中を預けて、くうくうと眠っていた。

「……熟睡してるな」

「困ったねえ」

神威さんと翡翠さんが、みんなで作った早妻汁と蓬餅をテーブルの上に置いて雷火さんの様子をそうっと見る。私は横からそろそろと歩き、雷火さんの席の後ろ側へ回った。

「彩梅、どうした」

「しーっ、神威さん」

私は人差し指を一本立て、それからすうと息を吸い込む。

その途端、雷火さんが目を見開いてがばりと起き上がった。

「うわ、なんだなんだ⁉」

「相変わらず勘がいいですね……目、覚めました？」

「彩梅お前、また大声出そうとしやがったな。まだ鳥肌が……」

「し、失礼な」

鳥肌って。

「……彩梅、あとで色々説明してくれ」

大きなため息をつきながら、私の横にやってくる神威さん。

「え？　何をですか？」

そのまま神威さんは無言のまま、私の服の袖を引っ張って翡翠さんたちの方へ連れ戻す。

戻ってきた私を待っていたのは、目を丸くした翡翠さんと、何やら呆れ顔で私を見ている嘉月さんだった。

「彩梅ちゃん、すごいね」

「彩梅さん、火に油を……」

なんだろう、この空気。

「あれ、なんか雨の匂いがしねえか？」

そんな空気感の中、雷火さんがすんすんと何かを嗅ぐ仕草をして首を傾げた。

「ああ、雨童がさっきまでいたからだねえ」

翡翠さんが頷き、雷火さんの向かい側のソファー席に座りながら答える。それに対し、訝しげな色を目に浮かべる雷火さん。

「さっきまで？」

「彼女の『負の気』はもうないからね。客として店内には入れないんだ。厨房には神威の手伝いという名目で入れたけど——店内に入ることはできない。だから、神社で白寿と待ってもらってる」

「そうか」

「まあ、それよりも食べて食べて。そっちの早妻汁からね」

「お、おう」

翡翠さんに言われた通り、雷火さんはまずは早妻汁の盛り付けられた器を手に取った。

すった新鮮な魚と、タレに漬けた魚の刺身。それを味噌と蒟蒻と混ぜ合わせ、出汁で伸ばし。熱々のご飯にかけたそれを、雷火さんは一口食べる。

何度か口の中で噛んで味わい、ごくりと呑み下す。それから、彼はどこかぼんやりとした顔で翡翠さんを見て、目を丸くした。

「……そういやこれ、食ったことあるな。ちょうど、この神社で」

この神社で？

私は嘉月さんと顔を見合わせ、二人揃って神威さんと翡翠さんへ視線を移す。

彼らは静かに、雷火さんを見守っていた。

「そう――じゃあ、思い出してみて。そのとき、どんな気持ちだった？」

「気持ち……」

雷火さんは躊躇う。さっきまでたたえていた飄々とした雰囲気は薄れ、代わりにその顔には不安とも焦りともいうべき表情が浮かんでいた。

「はっきりとは思い出せねえけど……悲しくて、何かをすげえ……後悔してるみてえな、そんな気分だった気がする」

辿々《たどたど》しく、言葉を単語のように述べていく彼。それ以降は無言になり、また早妻汁を口に含み、そして食べ進めていく。

「雷火」

翡翠さんがふと、真剣な声を出す。

「君は思い出さなきゃいけない。思い出さなければ、もう一生君はこのままだよ」

「……そりゃあ、困るな」

雷火さんはそう呟きながら、ソファーに背を預けて天井を仰いだ。

「ど、どういう状況ですか……これ」

一方、事態が分かっているであろう神威さんに、ひそひそと伺う私。

そう。神威さんには、分かるはずなのだ。

彼は、この人神さまは。客の『思い出のメニュー』が見えるだけでなく、その料理にまつわる客の記憶も読み取ることができる。

まるで走馬燈《そうまとう》のように。

「……ずっと過去の時代、『雷火』はこのレストラン――まあ、当時は食事処か。そこに来たことがあったらしい。初代の人神と、翡翠がこの神社にいたときだ」

神威さんはそう言った。そしてそのままふっつりと黙り込む。

あれ、説明終わり？　私が神威さんの方へ顔を向けると、彼はなぜかこちらをじっと窺っていた。

「……？」

しばし目が合った後、私ははっと我に返って目を逸らす。

「つまり、そのときに当時の人神さまと翡翠くんから振る舞ってもらった料理ということですか。なるほど、青水晶に封印される前にそんなことが」

そうして改めて、雷火さんと翡翠さんを見る。

「昔、これを食べた理由は思い出せない？」

「……思い出せねえ」

問いかける翡翠さんと、雷火さんの返答。どこか張り詰めた様子のそのやりとりには、どんな者も口を挟めそうにない雰囲気があった。

「翡翠。俺が話してもいいか」

「うん、いいよ！　よろしくー」

と思いきや、神威さんが割って入った……！

「あ、主、あの空気感の中へ……！　流石です」

「すごいですね」

ひそひそと話す私と嘉月さん。そんな私たちをぎろりと一瞥し、神威さんは静かに雷火さんの向かい側のソファー席に座った。それと入れ替わりに翡翠さんが立ち上がって、私と嘉月さんのもとに戻ってくる。

「で、どこまで思い出した」

「……この神社に――その中の食事処に、来たときを」

「その前は」

雷火さんはすぐに答えなかった。そのまま二人の間に沈黙が落ちる。

そしてややあってから、雷火さんががっくりと肩を落としながら口を開いた。

「悪い……思い出せねえ」

「そうか」

淡々と頷き、神威さんはテーブルの上で、蓬餅を載せた皿をすいっと雷火さんの手元まで滑らせた。

「じゃあ、これを。これを食べれば、思い出すはずだ」

「……」

「何も怪しいものは入ってないぞ」

「……それは分かってる」

「そうか。じゃあ、嫌いか？　蓬餅」

神威さんの問いに、雷火さんはぽかんと蓬餅を見つめる。

そしてしばらく視線を揺らした後、ぐっと詰まるような表情を見せた。

「……別に、嫌いじゃねえ。嫌いじゃねえが、……なんか、食べちゃいけねえ気がする」

「そうか。じゃあ、それは――思い出すのが、嫌なんだな」

時が止まったかと思った。

ここ一番の沈黙が、レストランの店内を満たす。

「覚えてないのは、本当だと思う。あんたの言葉からは嘘が感じられない」

「……」

「だけどどこかで、頭の片隅で、直感的に分かってるんだろう。それを思い出すのが、嫌だということを。……あんたはどこかで、それが怖いことだと思ってる。違うか？」

怖い？　どうしてだろう。

私が疑問に思っていると、向こう側で雷火さんがゆるゆると顔を上げるのが見えた。

むっとした表情で眉根を寄せ、しかめっ面で彼は神威さんを睨む。

「……別に、怖くねえ」

「相変わらずの天邪鬼《あまのじゃく》だねえ、まったく」

私の隣で、翡翠さんがやれやれと首を振って肩を竦める。そして間髪容《かんはつい》れずに飛んでくる、雷火さんからのぎろりとした視線。

「何か言ったか、猫神」

「いいえ、何も」

ひょいと右手を上げ、翡翠さんは「どうぞ続きを」というジェスチャーをする。

「別に怖くねえからな」

神威さんの方を向き直り、そう念押しする雷火さん。神威さんが口を開きかけると、その言葉も待たず雷火さんは蓬餅を一口齧った。

「あ」

言葉を発そうとしていた神威さんは一瞬口を開け、慌てて閉じる。そして何か悩むように頭をがりがりとかいた。

そのままじっと微動だにせず、何を言うでもなく。神威さんはじめ私たちは全員揃って、雷火さんの様子を見守った。固唾を呑んで。

「……」

蓬餅を半分ほど食べた辺りで、無言で食べ進めていた雷火さんの口の動きが緩慢《かんまん》になってくる。その目はどこか、迷うような光をたたえていた。

「……もう、十分だ。食べられない」

そう、ぼそりと呟いて。

彼は蓬餅を皿の上にそっと置き――両手で顔を覆うようにして上半身をくっと倒し、前のめりの体勢になった。

「……思い出したのか」

両ひざに肘をつき、体をくの字型に折ったまま微動だにしない青年に、神威さんが声をかける。

「恨むぜ、人神――よくも、こんな物を」

地を這うような低い声で囁くように言いながら、雷火さんは顔を上げる。

彼は右手で顔の右半分を覆ったまま、ギロリと左目だけで神威さんを睨んだ。ただでさえ切れ長で涼やかな目元をした雷火さんの本気の睨みは、大層迫力がある。

「……」

対する神威さんは何も言わず、そんな彼の対面に黙って座っていた。私の位置からは後頭部しか見えないけれど、きっといつもの静かな表情でいるのだろう。

雷火さんはしばらく神威さんを睨みつけていたが、数十秒するうちにその表情も曇り始めた。顔を覆っていた右手を力なく顔から外し、彼は屈めていた上半身をゆっくりと伸ばす。

「……いや、恨むべきは自分か」

そう呟いて雷火さんは蓬餅をじっと見つめた。そこに、神威さんがゆっくりと告げる。

「……自分を恨むことでも、自分を責めることでもないと思うが」

「お前に何が分かる。当事者でもねえくせに」

「確かに当事者ではないが、あんたが今思い出した記憶ぐらいは分かる」

「……そうか、そういやここの人神サマはそんな力を持っていたな」

雷火さんは自嘲気味に一瞬笑い、ふと私の方に視線を向けた。座っている神威さんの頭上を通り越し、その後ろに立っている私の方に。いったい何が、と見守るしかない私の方に。

「……いや、人神サマだけじゃねえか。お前も知ってるはずだ、彩梅」

「わ、私ですか？」

「そう。彩梅お前、山頂の公園であの立て札をじっくり読んでただろ。……龍伝説の、あの立て札を」

千光寺公園の階段にあった臥龍垣。そこで読んだあの伝説。

「尾道に伝わる龍伝説の最後、覚えてるか」

「覚えて……ます」

さっきも翡翠さんに、同じことを聞かれた。

「驚いたぜ――まさか、こんな未来になるまで話が語り継がれていたなんて」

「あ、あの、雷火さんは……」

「いや、勘違いすんなよ。俺はもう、その『龍神』じゃあない」

どういうことだろう、と私は嘉月さんと目を見合わせる。

「『龍神』じゃあ、ないんだ。そもそもそいつは昇天したって、伝説にもあったろ。つまり、消滅したってことだ」

そう言葉を切り、雷火さんは天井を指さした。

「昇天した者は――死んだ者は、二度と戻らない。当たり前の摂理だ」

死んだ者は、二度と戻らない。シンプルだけれど重い言葉だ。とてもとても、重い言葉だ。

「そう、二度と戻らないはずなのに……なんで俺はここにいるんだろうな」

そう小さな声で呟く彼は、さっきよりも一回りも二回りも小さく見えた。

◇◇◇◇◇

むかしむかしの、そのまたむかし。

今の尾道にあたるこの地域には、白銀の鱗を持った、ある一匹の大蛇がいました。

その姿は悠々と神々しく、まるで伝説の龍が地上に降り立ったかのようでした。

池に棲むその大蛇を、人々は神として崇め奉り——やがて大蛇は、本当の龍に成りました。

人の信仰は、積もり積もるうちに、『神』を作り出すことがあります。神であるから信仰されるのではなく、信仰されたから神に成る——この『龍』の場合は、後者でした。

その龍は、神々から存在を認められ。水を司る力を与えられました。

そうして彼は、人々の願いに応え、時には雨雲を呼ぶこともできるようになり。

やがて、人々から『龍王さま』と呼ばれるようになったのです。

『龍王さま』は気候も景色もよい、この地を愛していました。とてもとても長い間、棲み続けるほどに。

そうするうち、池には他の龍も棲みつくようになりました。人々は龍たちを恐れ敬い、日ごろは池に近づかないようにしながら、静かに共存しておりました。

人々は龍王さまのお話を語り継ぎ、小さな子供にも『滅多に龍王さまの池には近づくものではない』と言い聞かせていましたが……いつの世にも、好奇心旺盛《おうせい》な、怖いもの知らずの子供はいるものです。

龍の棲む池を訪れたその少年も、そうした子供の一人でした。

――お兄さん、誰？　ここは龍王さまたちの居場所だよ。

『……開口一番に言うことがそれか。ここは危ない、早く立ち去れ』

ある日のことでした。大人たちの目を盗み、龍たちが棲むと言われる池にこっそりとやってきた少年は、とある若い男性が、池の脇の大きな岩の上にあぐらをかいて座っているところに出くわしました。

それは不思議な青年でした。髪は銀色、目はこの国の人々とは異なる、この池の色のように深い青色。

『お兄さんこそ帰りなよ。ここ、特別なときでないと来ちゃ駄目なんだよ』

『ほう？　お前がそれを言うのか』

『う……』

『大方、大人たちの目を盗んできたんだろ。俺のことは誰も探さんだろうが、お前のことは皆心配する。きっと今頃探しているだろうから、早く帰れ』

『ま、待って。僕、龍王さまにお供えしようと思って、これ持って来たんだ。……どこに、お供えすればいいかな』

少年が懐から取り出した、小さな笹の葉でくるまれた包みを見て、青年は訝しげに眉を顰めました。

『供え物の場所はそこだが……それはなんだ』

『家族みんなで作った蓬餅だよ！　ばあちゃんが教えてくれたんだ』

頬をかきながら照れくさそうにそう言った少年に、銀髪の青年は青い目を細めてこう言いました。

『そうか――龍王さまもきっと、喜ぶだろう』

『へへへ、そうかな。そうだといいな』

少年は笑顔を見せ、蓬餅を祭壇に置いた後、池を拝んで帰っていきました。

きっとただの冒険心から来たのだろう、ならば一度で満足しただろう――銀髪碧眼の青年、いいえ、龍王さまが人間に化けた姿であった彼は、唐突な来客に困惑しながらもそう自分に言い聞かせたのでした。

しかし。蓬餅の少年は、それからも定期的に姿を現すようになったのです。

『なんで、また来たんだ』

『お兄さんこそ、よくいるね』

『……』

『にしし、黙った黙った』

『うるさい』

蓬餅をまた供え物の祭壇に捧げ、少年は青年の方を振り向きました。

『――僕、龍王さまを一目見てみたいんだ。だって白銀の龍なんでしょ、絶対格好いいと思うんだ』

『……怖いモノ知らずだな』

『だって見たいんだもん、仕方ないじゃん』

『仕方のない奴だ』

そんなやりとりもいつしか二人の楽しみとなり。青年は正体を隠したまま、時折訪ねてくる少年と言葉を交わしました。

もちろん、龍王さまもいつも姿を現す訳ではありません。気が向いたときにふらりと、青年の姿になって出てくる程度。彼がいないときには、少年は黙って蓬餅を置いていきました。

定期的に差し入れられる蓬餅は、少しほろ苦くて、素朴な小豆餡の優しい味わいで。龍王さまがすっかりその味を覚えてしまうほどに、少年は何度も来ました。

そんなある日のこと。

『……お前、前よりも痩《や》せたんじゃないか』

またやって来たいつもの少年を前にして、人間姿で出て行った龍王さまは静かに言いました。

『そうかな。身長が伸びたからじゃないかな？　その分、縦に栄養がいってたりして』

しれっと言ってのけた少年に、龍王さまは眉根を寄せました。

『どうも怪しいな。お前、この俺に嘘ついてないか？』

『そんなことないよ。それより、僕はね』

――お礼が言いたかったんだ。

そう、少年は言いました。

『お礼？』

唐突な言葉に面食らいつつ、龍王さまがおうむ返しに繰り返すと、少年は微笑んで頷きました。

『そう。お兄さんは、僕の願いを叶えてくれたから』

『願い？　なんだそれ』

『ふふ、僕、実は格好いい友達が欲しかったんだよね』

『――は？』

『なんでもない。じゃあ、また来るね』

『あ、ああ……』

そうして、すこし大人びた少年は立ち去りました。

――『また来るね』の言葉が実現する日は、それきりなくなってしまったのです。


――それからしばらくした、ある夏のことです。日照りが続き、作物は絶え、人々はもう、龍王さまへお願いするしかありませんでした。

彼らは松明を手に蛇が池へと向かい、赤い龍に一度は阻《はば》まれるも、白銀の龍に無事、願いを伝えることができました。

「日照り続きで水も足りず、作物も育たず、もう打つ手がないのです。このままでは、大勢が死んでしまう」

――どうか雨を、降らせてください。

そう口々に、人々は龍王さまにお願いしました。

その瞬間、龍王さまの頭の中は真っ白になりました。

龍王さまは、自分のことを怖がる人間に配慮し、人里に長いこと近づいていませんでした。だから、人間たちの地が今どうなっているのかを、知らなかったのです。

「そうか……そんなことに……」

――なぜだ、どうして。

どうしてあの少年は、『雨を降らせてくれ』と言わなかったのか。

痩せてしまったのもやはり、気のせいではなかったのだ。

あの蓬餅は、貴重なものだったに違いないのに、それを持ってきてくれて。

龍王さまは目を見開き、思考もおぼつかない頭で、少年はどこかと辺りを見回しました。

その横で、赤い龍は怒りを露《あら》わにし、龍王さまの身を案じて人々に「帰れ」と言いました。

ですがもう、龍王さまの頭の中で、やるべきことは決まっていました。

「何にせよ、お前たちの望み、しかと受け取った」

「おい！　お人好しも大概にしろよ。人間になんざ肩入れしたら、辛いのはお前だぞ。この前のガキだって……」

「……なに？」

『この前のガキ』とはどういうことか。もしや、自分が知らない間に赤い龍があの少年に出くわして、何かを言ったのか。

目と声を鋭くした白銀の龍に、赤い龍ははっとした様子で言葉を詰まらせ、「……勝手にしろ」と言い捨てて池に戻って行きました。

「すまなかったな、待たせて」

深いため息と共に、白銀の龍は村人たちに向き直り。

「──人間よ。叶えてやろう、お前たちの望みを」

そう答えながら、彼は懸命に、来なくなった訪ね人のあの少年の姿を探し続けました。

──でも。

当時、その地域に住んでいた人間総出のお祈りで、そこにはどんなに幼い子供でさえ、来ていたというのに。

あの少年の姿は、どんなに探しても、どこにもなかったのです。

◇◇◇◇◇

「後から聞いた話だが、あの少年は俺がいないとき、人間に化けた赤い龍から『龍神さま』が人の願いを叶えたときの代償を、もう聞かされていたらしい。まったく、余計なことをべらべらと──まあ、それはもういい」

大きなため息をつき、雷火さんはぎゅっと、血がにじむのではというくらい唇を噛み締めた。

「つまり結果、俺は、小さな少年一人救えなかったってことだ。何が龍王さまだ、龍神だ」

昔話を自嘲気味にしてみせた雷火さんは、レストランのソファーに一人、身を丸めて縮こまった。

私はなんと言ったらいいか分からず、その場に立ち尽くしたまま。

これは、何も言えない。というより、私には、何も言う資格がない。

やはり、雷火さんは『龍王さま』だった。彼は否定しているけれど。

そして。彼は深く深く、恨んでいるのが伝わってきた――他ならぬ自分自身をだ。

「――俺は、人の想いから生まれた神。人から『願い』を受け取らなければ、雨乞いを受けなければ、力が使えなかった。……俺がもっと強い神だったらよかった。飢饉を、その予兆の段階から解決できるだけの力があれば、よかった」

雷火さんは体を丸めたまま、顔を伏せて絞り出した。

「もっとあいつを、色んな人間を救えたんだ。なのに……救いきれなかった」

だから。囁くように雷火さんは呟いた。

「だから、こんな役立たずなんて滅してくれと、神に――大国主のジジイに願って、天に昇ったはずだった」

大国主。オオクニヌシ。昨日、翡翠さんたちが説明してくれた、偉い神様。

「なのにあのジジイ、『よきにはからうよ』なんて言ったくせに、俺を転生させやがった……人間と神の半々が混じった存在として」

何考えてんだよほんと意味分かんねえ、と雷火さんは吐き捨てる。

「お前らに分かるか、この気持ちが。人を救えなかった上に、消えたいと願ったのにそれすらも許されず、散々順番待ちをさせられた挙句、天に昇ったときと同じ地点に追い返された。いまは『百貫島』とか言ったな、あそこにこの姿で大国主のジジイに突き落とされたときはほんと信じらんなかったぜ」

だから、『龍王さま』と『雷火』である俺は別の存在だ、龍王は一度死んだんだからな——と、雷火さんは私たちに念を押した。

「……大国主さまをジジイと呼べる君もほんとにすごいけどさ」

翡翠さんが苦笑しながら、ぴっと人差し指を空中に向かって立てる。

「その『ジジイ』の意図を、君は考えなきゃいけないね」

「意図なんてあるのかよ、あの気まぐれ爺《じい》さんに」

何度も繰り返すようで申し訳ないけれど、大国主さまって偉い神様なんだよね？　そんな呼び方で怒られないのかな……。いいのか、その呼称で。

「意味はあるんじゃないのかな。その爺さんが君を僕たちに託してきた訳だし。少し様子を見て、自分の中で整理するのに時間がかかるようなら青水晶の中に封じ込めて、しかるべきときまで休ませてやれ――それが大国主さまからの指示」

「俺があの水晶で眠らされてたのは手前《てめえ》らが原因か！」

雷火さんは俊敏な動きでソファーから立ち上がった。

どうやらあの青水晶、昔の翡翠さんたちが雷火さんを封じ込めていたものだったらしい。

「……そういえば、『臥龍垣』の『臥龍《がりょう》』って、眠れる龍って意味でしたね」

私の隣で、嘉月さんがぽつりと呟く。

「え、そうなんですか」

「そうですよ。あの『臥』の字は、『床に臥せる』っていうときの字です」

「確かに……」

眠れる龍。青水晶の中で眠らされていた元・龍の彼。そうか、そうだったのか。

そりゃあ、あれだけ『割るな』と念を押される訳だ。中で龍が眠っているなんて思いもしなかった。あ、『元』龍か。

「……大国主さまの意図は俺には分からんが、一つだけ」

ずっと黙っていた神威さんが口を開いた。

「自分一人で人が、世界が救えなかったなどと背負うのは、ある意味傲慢《ごうまん》じゃないのか」

「……なんだと」

雷火さんはその綺麗な眉毛をぴくりと吊り上げた。

「この世は色んな要因で環境が変わり、そこに色んな人間の選択も重なって時間が積み上げられていくだろう――それ全てを背負うことは、誰にもできないと、俺は思う」

「……人神サマよ、知ったような口きいてくれるじゃねえか」

ギラギラとした視線で雷火さんが神威さんをねめつける。それを平然と受けて、神威さんはすっとソファーを立った。ちょうど雷火さんと神威さんは背丈が同じくらいだから、同じ目線の高さになる。

「俺はあんたじゃないから『分かる』なんて言えないが……これは俺の経験だが、身に染みて思ったことがある」

「なんだよ。言ってみろ」

「人間は、神を万能視しすぎているきらいがある」

「……」

「神だって、万能じゃない。俺だって失敗するし、救えないときだってある。そもそも、神やあやかしが使える力には制限があるだろう？」

神様やあやかしの使える力に、制限がある？

私が眉を顰めて翡翠さんと嘉月さんを見ると、彼らはそれぞれこっくりと頷いてみせた。どうやらみんな知っていることらしい。

「世界の均衡《きんこう》を崩さないこと。その範囲でしか――力は使えない」

神威さんの声に、雷火さんは答えなかった。

「あんたは人から信仰されて、神の力を得た。だからただでさえ、人々に祈られ、頼まれたときしか力を使えない。その上、あまりに大きな力を使うことはできないはずだ。当たり前のことだな、『大雨を長い期間降らせる』ことは、世界の均衡を崩す一端になってしまうのだから」

「……気色悪い奴だな、人神サマよ。何でもお見通しって訳か」

「褒め言葉として受け取っておこう」

雷火さんは神威さんの言葉に反論するつもりはないようだった。荒々しく、元居たソファーにどさりと身を投げる。そしてまた顔を覆った。

「雷火。……神威の言うとおりだ」

「猫神まで……なんなんだよ」

「過去の自分を責め続けるのって、あんまりよくないと思うんだよね」

「はあ？」

にっこりと微笑んで、翡翠さんは雷火さんを見据えた。

「今の君は、自分が嫌いだ。恨んでるんだよね」

「……そうだ。俺は俺の存在を、許さない。救えたかもしれないのに、人間を救えなかった俺を……許さない」

だから、神様に願った。神々を束ねる神様中の神様に、願った。

存在ごと消してくれ。自分なんて要らないと。

その存在を。自ら望んで、消滅させる。消えてなくなる――罪滅ぼし。

そう願ってしまうほど、雷火さんは罪悪感に押しつぶされそうだったんだと、私は彼の苦悶《くもん》の表情を見ながら思う。

「でも君は居なくなることを許されなかった。君は生きなきゃならない。この先、ずっと自分を恨んで生きていくのかい」

考えてもみてよ、と翡翠さんは言った。

「今の君は、過去の自分を恨んでる。でも刻一刻と、その『今の君』ですら、過去になっていくんだよ。つまりこのままだと君は、永遠に未来の自分に責め続けられる人生を送るということだ。過去に縛られ、過去を責め――そうして『今』は、どうするの」

今ここでどう振る舞うか、どう向き合うか。それを考えろと翡翠さんは言っているのだ。

多分。

でも、それだけだろうか？

当事者じゃない私が物申す資格はないけれど、もし、私が雷火さんの話に出てくる男の子だったなら、と想像して。私は発言のため、恐る恐る手を挙げる。

「あの、すみません、難しいことはよく分からないのですが……」

四人分の視線が一気に突き刺さり、私は思わず一歩後ずさった。

「さっきの雷火さんの話のその『男の子』、雷火さんに雨を降らせてくれって頼まなかったんです……よね？」

トラウマの原因を掘り起こすようで、とても気分を悪くさせるようなことをしているかもしれない。そう思うと自己嫌悪に駆られるけれど、どうしてもこれだけは、この可能性だけは確かめておきたかった。

「そりゃそうだろ、だって俺はあくまでも人間の姿で、龍としては出てきてねえんだから。あいつにとっちゃ、俺はただの身元不明の兄ちゃんだ」

不審そうな目で雷火さんから返答がある。無視されなかったことに、私はほっとした。

「いえ、あの……多分その男の子、分かってたんだと思うんですよね。雷火さんが、龍王さまだって」

「……は？」

ぽかんと雷火さんが口を開ける。

いや、全然想定してなかったのか、そのこと。

「だってその子、最後に会ったとき言ってたんですよね？『実は格好いい友達が欲しかった』って」

「確かに俺、見た目だけはいいが……」

雷火さんは平然とした顔で自分の顔を指さす。自覚のあるイケメンだった……。

「それで『願いを叶えてくれた』って言ってたんですよね」

「何が言いたいんだよ」

「いえ、あの……最初、男の子は言ってたんですよね？　願いごとを」

――僕、龍王さまを一目見てみたいんだ。だって龍なんでしょ、絶対格好いいと思うんだ。

「私の拙い想像で恐縮なんですが――それらを踏まえたうえで『格好いい友達』って、誰のことでしょうね？」

「……」

雷火さんは固まった。

そう、想像でしかない。あくまでも、都合のいい想像だけれど――とてもあり得そうなことじゃないか。

人が来ないはずの池、そこでしか会えない青年。不思議な髪と目の色をした、当時のその地には珍しい青年。

私なら、神様なのではと考えるだろう。

人間ならきっと、一度は考えるだろう。

だが私の推測に、はんと鼻を鳴らしてそっぽを向く雷火さん。

「……そんなムシの良い話があるか？　俺に気遣ってんなら結構だぜ。それに、分かってんならなんで、俺に雨を降らせてくれと願わなかったんだ。そっちのが手っ取り早いじゃねえか」

「『友達』である君に、願いごとを押し付けたくなかったからじゃ、ないかなあ。そのために友達になったのかと、誤解されるのが嫌だったから。そんなのは嫌だと、ちらりとでも思ってしまったから」

「猫神まで、何なんだよ……」

翡翠さんが言った言葉に雷火さんは噛み付いたけれど、その勢いはさっきよりも弱々しい。

「ま、僕のも推測でしかないけどねー」

「翡翠、お前なあ……」

雷火さんがぶるぶると右手の拳を握って振り上げる。

「だって、僕はその子じゃないもの。下手に勘繰《かんぐ》って、あれこれ言える立場じゃない。だけどね」

翡翠さんは雷火さんからの拳をぱしりと右手で受け止め、さっといなす。

「当事者なら、今ここにいる。今、ここにいるんだよ。ね、神威」

「翡翠お前、無茶ぶりするなあ……」

私たちの方を振り返っていた神威さんは、眉間の皺を左手で揉みながらため息をつき、雷火さんに向き直った。

「雷火さん。あんたが生きて、その男の子とのことを覚えてさえいれば、彼の考えていたことを分かる日が、いつか来るかもしれない。だが、あんたがあんたの望み通り、この世から居なくなってしまえば、消え去ってしまえば——誰がその彼のことを、覚えているんだ」

記憶から消えたときが、その人が本当に死んだときだと言ったのは、誰だったか。

月並みな言葉だけれど、本当にその通りだと思う。

「……人は、死んだら時間を紡ぐことができない。記憶を更新することができない。誰かが覚えていなければ、覚えている者が居なくなれば、それは、昔の大切だったはずの時間まで、もう忘れ去られてしまうことと同義だ」

伝えたいことは言い終えたとばかりに、神威さんはため息をついてソファーに腰を下ろす。

「ま、俺も人に上から説教できる立場ではないけどな」

そんなことを言いながら、神威さんがこっちに視線を向けてくる。

なんだかじっと見られている気がするけれど、気のせいだろうか……。

「……お前にそんなことを言われる日が来るとは、俺も落ちたもんだ」

雷火さんが神威さんに引き続き、それはそれは大きなため息をつきながら立ち上がる。そして先ほどまでよりも落ち着いた足取りで歩き。私の目の前まで来て、私の顔を覗き込んだ。

「……分かったよ。こいつらとあんたに免じて、生きてやることにする。そんで、いつか大国主をぶん殴る」

「いや、ぶん殴るのはちょっと」

私は一歩引いて両手のひらを彼に向かって突き出しながら、首を振った。神様のトップを殴るなんて罰が当たりそうだ。ものすごく。

「まあそれより前に、もうちょい面白そうなもの見つけたから、しばらくそっちを見守るかな」

「はい？」

言葉の意味が汲めず目を瞬かせる私は、肩をぐいと後ろから引っ張られて「ぐえ」と声を上げた。

「なーにが面白そうなものだ。面白がるな」

「か、神威さん」

「人神お前、何のことか分かってんのか？」

「大体想像はつく」

「へーえ、言ってみろよ」

「またなんか始まったよ……彩梅ちゃん、もうほっといて片付けしよ」

翡翠さんに袖を引っ張られ、私は言い合っている雷火さんと神威さんから遠ざかりつつ、彼らを振り返る。

「でもなんだかんだ、気が合いそうな気もしますよねあの二人」

「それはねえ、似た者同士だから」

「全部彩梅さんのせいです……」

頭を抱えながら隣をすたすたと通りすぎる嘉月さん。待った、それは聞き捨てならん。

「ちょっと待ってください嘉月さん、この前からずっと何なんですかー！」

「ご自分の胸に聞いてみてください」

「まあまあ、二人とも」

そんなこんなでぎゃあぎゃあ言いながら、今日もレストラン『招き猫』の黄昏時はすぎていくのだった。

第三章　呪いと、初めての食卓

――これは契約、これは約束。

私があなたの願いを叶えましょう。

代わりに一つ、約束をして頂戴《ちょうだい》な――。

◇◇◇◇◇

「夜の竹林って、なんか雰囲気あるな」

「森の中の池に棲んでいた元龍神さまが、何を言ってるんですか……」

雷火さんの記憶が元に戻った、レストランでの一件の後。

夜の闇が少しずつ深まってくる一日の終わり、あやかしや神様にとっては始まりの時間。

私たちはレストランを出て、見事なイングリッシュガーデンを通り抜け、神社の境内へ向かう竹林の道を歩いていた。

「だから、俺は龍神じゃねえ。今はもう違うモノだ！」

「はいはい、分かりました」

夕暮れはとっくに去り、両側に竹が生い茂る道を、ぽつぽつと等間隔に石灯籠《いしどうろう》が照らしている。点々と、蛍がほんのり光を灯しているような柔らかい灯りだ。

でもそうすると、光が届かないところもある訳で、足元がよく見えない場所もある。となると、こういう場所には付き物のハプニングも起こり得る訳で……。

「うわっと」

「だ、大丈夫ですか⁉」

目の前で盛大に足を滑らせる雷火さんの右腕を、私は左手で慌てて掴む。

すごい、絵に描いたように何もないところでこけたぞこの人。まるでいつぞやの、不幸体質に悩まされていた頃の私のように。

すんでのところで彼の顔面と地面のダイナミックな接触を阻止できた私を、彼は目を丸くして見つめた。

「……悪い、助かった。すごい反射神経だな」

「ど、どうも……」

私は彼の右腕から左手を離し、内心でほっと胸をなで下ろす。自分がこけそうになるのも心臓に悪いけれど、人がこけるのを眼前で見るのも同じくらい心臓に悪い。まだ心臓がどくどく言っている。

──と、そこでやっと私は、フリーだったはずの右手が誰かに掴まれていることに気づいた。

「大丈夫か」

「へ、いや、あの、大丈夫です。私は」

しどろもどろになりつつ、私は未だ掴まれたままの自分の右手を見下ろす。いったいどうしたのだろうか、この手は。別に私はこけそうになっていないのだけれど。

「人神サマよ、助ける相手違くないか？」

ジト目で神威さんを見る雷火さんに、神威さんは私の腕から手を離しながら口を開いた。

「巻き込まれ事故があるかもしれないだろ」

「へー。ほー」

あっそう、と雷火さんは肩を竦める。嘉月さんと並んで前を歩いていた翡翠さんが「三人とも、早く来ないと置いてくよ」と声を張った。

「はいはい、行くって」

そう言いながら雷火さんと神威さんは歩き出し。私もそれについていこうとすると……

ふと、左手の小指に鈍い痛みを感じた。

「……？」

こっそり立ち止まって、灯篭の温かい橙色《だいだいいろ》の光に手をかざしてみたけれど、何も外傷はない。さっきとっさに雷火さんの手を掴んだときに、変な方向へ力を入れてしまったのかも。

「彩梅？」

「あ、はい、今行きます！」

立ち止まって待ってくれている神威さんの方へ走りながら、私は首を捻る。

そうして黙々と竹林の道を歩くこと、数分。

「彩梅！　大丈夫じゃったか、何も起こらんかったか⁉」

竹林の道から出るなり、私の前に影が躍《おど》り出た。綺麗な女性の形をした人影は、そのまがっちりと私の両肩を掴んで揺さぶってきた。

「だ、だい、大丈夫です……というか別に何も危険は……」

むしろこの揺さぶられ方でめまいを起こしそうだ。私は視界ががくがくとぶれるのを感じながら、ぼんやりとそんなことを思った。

「いや、危険はあったな」

「む？」「……はい？」

神威さんの声に、雨童が揺さぶる手を止め、私は戸惑いの声を上げる。雨童はそのまま神威さんに詰め寄った。

「何があったのか教えい」

「いや、それがな」

ひそひそと雨童に耳打ちをする神威さん。それをふむふむと聞く雨童。

こうしてみると、美男美女のカップルが内緒話をしているように見える。竹林の道をバックに、それはとても絵になった。絵になるのだけれど、とてもとても綺麗なのだけれど。なぜだか分からないけれど、とてつもなく胸の奥がざわついた。

「なんだ彩梅、辛気臭い顔して」

「ヌシさまよ、いかがした」

頭の上にぽんと温かい手が乗るとともに、背中にはどしんという重みが乗っかってきた。

背中の重みは見なくても分かる、白寿さまだ。雨童と大人しく青宝神社の警備兼留守番をしてくれていた彼は、雨童と同様に私たちを出迎えに来てくれたらしい。嬉しいんだけれども、重くしないでほしい。物理的に。

「……雷火さん」

「ん？　なんだ？」

「髪の毛、わしゃわしゃやらないでください」

「いやー、人間の頭って触る機会なかったかんな。新鮮で」

人の頭を実験対象みたいに言わないでほしい。

くそう、白寿さまの重みで身動きが取れない。しかも首に手を回された状態でのしかかられているので、雷火さんの方を見上げることもできない。

私が感触だけを頼りに頭の上に手をやり、彼の手を追い払っても、また彼の腕は伸びてくる。なんだこの攻防戦。

というかそれよりも、さっきから翡翠さんと嘉月さんの声が聞こえない。いったいどうしたのだろうか。

「……そなたら、何をやっとるんじゃ」

雷火さんの手と格闘している最中、今度は別の呆れたような声が近づいてくる。

「あ、雨童さん」

白寿さまの手が緩んだ隙に私が見上げると、雨童は鷹揚に頷き——私の髪をわしゃわしゃしている人物に目を向けた。

「ほれ、雷火殿。腕が惜しくば、その手はどけた方が良いぞ」

「……あ？　ああ、雨童か。久しぶりだな」

「再会を懐かしんでいる場合ではないと思うんじゃが……ああほら、言わんこっちゃない」

その雨童の言葉とほぼ同時に、私の頭と背中の上から重みがそれぞれ消えた。

「いてえいてえ、神威てめえ！」

「人神め、何をするか！」

何やら雷火さんと白寿さまの文句が聞こえたので、どかしてくれたのは神威さんらしい。ようやく重みが取り払われた私が、今のうちにと体を起こすと、確かにそこには神威さんがいた。

「彩梅、俺は前に言ったろう」

左手で白寿さまを地面に下ろし、右手で雷火さんの手を捻っている神威さんが私を見下ろす。

「ま、前……？」

何の話だろうか。

「周りのモノを警戒しろと、言ったはずなんだが」

「モノとはなんじゃ、儂は付喪神だぞ！」

「俺だって不審者じゃねえぞ、この野郎！」

「あー、ったくにぎやかになったもんだなここも。翡翠に嘉月、こいつら頼む」

神威さんが社殿の方に顔を向けて、少し声を張って呼びかけると。翡翠さんと嘉月さんが社殿からのそりと出てきた。なぜかどちらも悟った仏様のような顔をしているのだけど、どうしたんだろう。

「……苦労しそうじゃな、これから」

「本当だよ、まったく。はい雷火はこっちね」

二人のもとに近寄っていった雨童の気の毒そうな声と、翡翠さんのため息。

ただ、ため息を吐いてはいるけれど、翡翠さんは結構にこにこした顔をしている。まあ、いつも通りか。

「白寿さまはこちらへ。餅を焼きましょうか」

「本当か！　儂、磯辺《いそべ》焼《や》きが食べたい」

白寿さま、まんまと嘉月さんの餅につられている……。

一方で、雷火さんは翡翠さんにずるずると引っ張っていかれ、抵抗していた。

「翡翠お前、どこに連れてく気だ、おい！」

「ええ、だってこれからここの掃除とか仕事とか手伝ってもらうから、まずは建物の案内？」

「は？」ときょとんとした顔で返したのは雷火さん。

「おい翡翠、聞いてないぞ」と思いっきり眉を顰めて言ったのは神威さんだ。

「あ、ごめん、そういや話してなかったや」

頬をかきながら、へらりと笑う翡翠さん。その横で、嘉月さんが「翡翠くん……それは確信犯です」となにやら遠い目をしている。

「と、いう訳で。今日からこの青宝神社で一緒に働く、雷火くんです」

「……何が『という訳で』だ？　聞いてねえぞ」

翡翠さんから手で示された雷火さんが文句を述べる。

「だってさー、これも大国主さまからの依頼なんだもの」

「また大国主か。覚えてろよ、あのジジイ」

「俺も流石に文句を言いたくなってきたぞ」

「主、落ち着いてください。大国主さまの命ならば、仕方ありません……」

「儂はヌシさまが居続けてくれるならば、なんでもよい」

そんなことを口々に言う面々。さっき神威さんがぼやいていた通り、すっかりにぎやかになったもんだと思いつつ、じんじんとまだ鈍く痛んでいる左手の小指をそっと右手で包んだ。どうやらやはり、さっき痛めてしまったらしい。

「どうした？」

「あ、いえ、なんでも」

目ざとい神威さんが何かを察したのか聞いてきてくれたけれど、ただ小指が痛いだなんて、間抜けすぎて言えない。

「本当か？」

「神威さんは心配性ですね」

「なんだと？」

ああ、誰かこの心配性の人神様を何とかしてください……！

神様が何人もここにいるこの状況で、私はどこかの神様にそう祈っていた。

◇◇◇◇◇

翡翠さんの茶化しに、神威さんは小さな欠伸《あくび》で応えた。神威さんが欠伸をするのは珍しい。

「神威、御隠居さんみたいな雰囲気醸し出してるよ」

梅雨の合間の、よく晴れた朝。いつもご飯を食べに集まる大広間にて。日本庭園が見える縁側の方の障子を開け放ち、朝食を終えた神威さんが梅昆布茶《うめこぶちゃ》を啜《すす》る。

「――ああ、平和だ」


「いや、あいつがいるとなかなか気が休まらなくてな……正直、寝坊してくれて助かる」

どうやらよっぽど疲れていた様子だ。ふうと息をつきながら、神威さんはゆっくりとくつろげる姿勢に座り直した。

そう、なかなか雷火さんが起きてこないので、先ほどみんなで様子を見に行ってきたのだけど。雷火さんは見事にまだ夢の中で、あまりに気持ちよさそうに寝ているものだから、このまま寝かせてあげようという話になったのだった。

「ふわあ……ねむ……」

一拍遅れて、私にも欠伸の波がくる。どうやら神威さんが欠伸しているのを見てうつったらしい。

「彩梅さんもお疲れですか」

「いえ、私はただの寝不足で……最近蒸し暑くなったからですかね」

気遣わしげな嘉月さんの声に、私は笑ってみせながら頭をかく。

実は昨晩、妙にリアルな、そしてとても疲れる夢を見た。夢というといつもは起きたら忘れることが多いのだけれど、昨日見た夢はありありと私の中に存在感を残していて。

私は半ば、その気分を引きずったまま朝食の席についていた。

神威さんの朝ご飯が美味しすぎて元気にはなったから、こういうときに現金な性格で良かったと少しばかり思う。

「そういうときはふな焼きを食べるとよいぞ」

「それ、ただの白寿さまの好物じゃないですか」

私の右隣に座り、神威さん同様にお茶を啜っている白寿さまを見る。のんびりとお茶を飲んでいる彼は、小さいながらもどこか貫禄《かんろく》があった。こっちの方がご隠居さまといった感じ。

そんな彼は、私の声に顔を上げてキッと私を見る。し、しまった。

「だから、呼び方と敬語！」

「あ、はいすみません！」

「直っておらんではないか！」

「落ち着け、二人とも」

私と白寿さまのやりとりにため息をつき、神威さんが白寿さまの頭をむんずと掴む。

「それはそうと、白寿の言い分も合ってるぞ。尾道じゃ、暑気払いにふな焼きを食べる」

「そ、そうなんですか」

突然の話題転換に私は目を瞬かせる。なんか今、すごい無理矢理話を逸らしたような。

「そうそう。旧暦六月一日に食べると夏病みをしないって言い伝えがあってね」

翡翠さんが座卓に肘をつきながらのんびりと言った言葉に、白寿さまが「どうだ、儂の言った通りだろう」と胸を張る。どうやら話し方についてのお叱りはすっかりどこかへ飛んでいったらしい。

よしよしと頭を撫でると、彼は目を細めてまたお茶を飲んだ。

「まあ、旧暦の六月一日はまだ二週間くらい先だけどな」

神威さんの指摘に、一瞬でシュンとなる白寿さま。私は先ほどとは違う意味で、またよしよしと彼の頭を撫でた。

白寿さまの黒髪は、いつでもサラサラと滑らかで手触りがいい。

サラサラの髪の毛……黒くて長くて、まるで女の人の髪の毛みたいな……。

あれ、どうしてだろう。なんだかすごく眠い。

『――なぜだ、なぜ、私だけ……』

――誰だろう。誰かの声が、聞こえてくる気がする。神威さんでも翡翠さんでも嘉月さんでも白寿さまでも、雷火さんでもない。女の人の声だ。

それも、雨童のとも違う、静かで凛とした声。

『早く、早く、来ておくれ……ずっとずっと、待っているのだから』

誰かが、私を呼んでいる。どこかからずっと、ぼんやりとした霧《きり》の向こうから、呼んでいる。

「……め、彩梅！」

誰かが呼びながら、私の肩を揺らす感覚がする。

誰だろう、今とっても大切な音を聞いていたのに……って、あれ？

私は潜っていた水の底から戻るように、一気に我に返る。

「大丈夫か」

いつの間にか神威さんが私のすぐ隣に膝をつき、こちらを覗き込んでいた。

ち、近い！

突然の接近に焦った私は、慌てて座ったまま横に飛び退《しさ》る。

「び、びっくりしました」

「それはこっちの台詞ですよ」

大きく肩を落としながら、嘉月さんが座卓の向こうでため息をつく。

「いったいどうしたんですか。突然白寿さまの髪に触れたまま黙り込んで……心ここにあらずでしたよ」

「す、すみませんでした。ちょっと、白昼夢を見ていたみたいで」

私はあたふたと頭を下げる。

嘉月さんの声は、本気で心配している声だった。よっぽど私は、呆けた様子を晒《さら》していたらしい。

「謝る必要はどこにもありませんが……本当にどこか具合が悪いのでは？」

「そ、そんなにですか？」

「真顔で呆けておったぞ。たっぷり数十秒」

隣から小さな腕がにゅっと伸びてきて、私の両頬をそれぞれ左右から挟んだ。そのまま頬はその手によって、軽く上に引き上げられる。

「ほれ、笑うがよい、ヌシさまよ」

私の頬をむいむいする白寿さまも、どこか真剣な面持ちだ。あんまり真面目に頬を持ち上げるものだから、私は目を白黒させながら、されるがままになった。

「彩梅ちゃん、今日大学何限からだっけ？」

「今日は一限からですね」

声に心配を滲ませ、今度は翡翠さんが尋ねてくる。私は頬を白寿さまに伸ばされたりもとに戻されたりしながら、和室の壁にかかった時計を見上げた。

今は朝の六時。大学の一限の授業は九時からだから、まだだいぶ余裕がある。いつもであれば、屋敷や神社の清掃や、使う道具の手入れなどをするのだけれど。

「そしたら、少しでも仮眠した方がいいね」

そして私が口を開きかけたのを見て、更に一言。

「また『いえ、働けます』とか言ったら強制的にでも眠らせるからね」

翡翠さんの目は、本気だった。

◇◇◇◇◇

部屋に一人戻り、スウェットから寝間着に着替えるのも億劫《おっくう》なので、そのまま布団に横たわる。

どうやら自分で思うよりも、だいぶ疲弊《ひへい》していたらしい。ふかふかの布団にダイブすると、どっと瞼が重くなってくる。食べたばかりで寝ると牛になってしまいそうだけれど、その迷いも打ち消されるくらいに眠い。

「ええと……支度もあるから、一時間ちょっとかな」

携帯のアラームと目覚まし時計をそれぞれセットし、私は枕の上にボフンと頭を置く。

そこから先は、呆気ないもので。私はずるずると暗闇に引きずり込まれるように、眠りについたのだった。


目を開けると、そこは山の中だった。

おそらく空の様子から、『今』は早朝だ。まだ少し薄暗いけれど、空の端っこから光が滲み出てきている。

早朝、人っ子一人いない静かな山の中。じゃくりじゃくりと山の土や落ち葉を踏みしめ、足が勝手に前へ進んでいく。

昨日見た夢と同じだ、と私はぼんやり思った。

ここは確実に夢の中。水の底にいるかのように感覚がくぐもっていて、鈍い。まるで自分の体の中ではなく、誰かの中に意識として潜り込んでいるかのようだった。

いや、事実、そんな感じだった。だってこの体は私のものではないのだもの。その点も、昨日見た夢と同じ。

目に入るのは、透き通るように白くほっそりした腕に、すらりとした体躯《たいく》。ねずみ色の浴衣のような軽い着物に、藍色の帯を細い腰に締め、草履《ぞうり》を履いた女の人の体だった。

意識の一部を間借りして入ったかのような感覚で、私は今、目の前の景色を眺めている。

山中をしばらく行っても、青々とした木々に囲まれた緩やかな斜面は続く。『私』は淡々と山道を登り——そして湧き水が溜まっている小さな池にたどり着いた。

それはそれは綺麗な、透き通った池だった。ただの池というにはふさわしくないくらいで湧き水は滾々《こんこん》と流れ出て、山のふもとへ向かう小さな流れを形づくっていた。

その池を『私』は覗き込み、朝日が差し込む中、白魚《しらうお》のような指で透明度の高い水をすくう。

それは、その雪のように白い肌に似合う、細くたおやかな指だったけれど。私はその手よりも、今しがた水面に映った顔に完全に気を取られていた。

穏やかな湧き水の水面に映った、この体の持ち主の顔。その顔が、あまりにも特徴的だったからだ。

（……綺麗なひと）

一瞬ちらりと見えただけでも、それが分かった。

物語から飛び出てきたような美しさの、黒髪黒目の女性。眉は細く繊細に形作られ、目はぱっちりと大きく黒々としていて。唇は赤く、歯は陶器のように白い。

その『私』は、今しがたすくった水を飲み、肩くらいまである髪を耳にかけた。そして袂《たもと》の中から竹筒を取り出し、その中へ水を汲む。やがて俊敏な動きで立ち上がり、また歩き出した。

この人はいったい、何をしているところなのだろう。どこか目的地でもあるのだろうか、なんて思っていた矢先。

私はぎょっとした。

(待って待って待って！　この木登るの⁉)

するすると身軽に、この体の持ち主は木を登り始めたのだ。しかも、割と大きな木を。あっという間に地面が遠ざかり、彼女は幹の途中で止まって、大きくしっかりした枝に腰を下ろした。そして顔を上げると――。

懐かしい景色を、私は木の上から見下ろしていた。なだらかな山の斜面、そして朝日を受けてキラキラ輝く細い水道、その向こうに点々と見える大小の島々。山の斜面はまだあまり開拓されていないのか、民家や寺がポツンポツンとあるのが見える程度だけれど。

間違いなくここは、尾道だ。それもかなり昔の。

『……もう、朝』

ぽつりと、口から声が出た。静かだけれど玲瓏《れいろう》とした、凛とした声。

彼女はそれきり何も声を発さず、懐をごそごそ探ったかと思うと、笹の葉に包まれた何かを取り出した。取り出すや否《いな》や、間髪容れずにそれをぱくりと口に含む。

(……あれ？)

夢の中だけれど、ちゃっかり食べたものの味を体感することができた。私は夢の中でさえ食い意地が張っているらしい。

それも驚きだけれど、何よりも驚きだったのは。

（私、この味……知ってる）

梅干しというのは、漬け方ひとつで味が随分変わる。塩だけで漬けたしょっぱいもの、はたまたしそで漬けた香りが鼻腔をくすぐるもの、蜂蜜で漬けたもの、しそと鰹節《かつおぶし》で漬けたもの……塩分も作り手によって調整することができるので、実に多彩な味の食べ物なのに。

今私が食べたのは、しそで漬けた昔ながらの梅干しだと思う。持ち歩いていたからか、少しひんやりした握り飯の中に入っていたそれは、塩辛すぎず濃すぎず、しその爽やかな香りと梅本来の酸っぱさが上手く混じりあった、私好みの梅干しだった。

そして私は、最近その味をよく口にしている。特に朝食と夕食の席で。

「……美味しい」

気がつけば、私の体の持ち主もそんなことをぽつりと呟く。うんそうだよね美味しいよねと、謎の親近感を感じつつ、私が内心首をひねっていると。

下の方から、声が聞こえてきた。

「……らん、鈴蘭《すずらん》！　どこだ！」

今の声、なんだか聞き覚えがあるような……。

「ここです」

淡々と、落ち着いた声で『私』は呼びかけに答えた。俊敏な動きで立ち上がり、木の幹をひょいひょいと身軽に降りていき。そしてあろうことか、あと数メートルというところで枝から勢いよく飛び降りた。

夢の中とはいえ、だいぶ高いところからの飛び降りを体験して、とてつもなく心臓に悪い。落ちることに恐怖した私は、下にいた人物の顔を認識するのが遅れた。

「こんなところにいたのか」

「景色がよく見えました」

「いや、それは分かるが危ないだろう……お前なら大丈夫だとは思うが」

——なんで、なんで、なんで。

夢に見るほど、私はこの人のことを意識してしまっているのだろうか。でも、それにしても。この声、雰囲気、少し何かが違う気がするけれど。でも、それでも。

『私』がゆっくりと顔を上げ、自分を探していた声の主を見上げる。

「お探しですか、白露さま」

「……心配した。とにかく無事で、よかった」

『私』に向かってそう言い、ほっとしたように微笑むのは、藍色の着物を着た男性で。

凛とした光をたたえるくっきりとした黒い瞳に、すっと通った鼻筋、柔らかな黒髪。綺麗な二重瞼を有した目。伏せがちで影ができる長い睫毛。

憂い顔の麗人というべき、その男の人は――あまりにも、私の知っている青宝神社の人神さまに、神威さんに。

とてもとても、よく似ていた。

◇◇◇◇◇

「ああ、あの夢何なのほんと……」

大学の一限を乗り切った後の休み時間。

私は半袖の黒いトップスに茶色のロングチュールスカートという格好で、大講義室の席に座り頭を抱えていた。二限の授業に使う大講義室の、適当な席だ。

「おや、彩梅みっけ」

ぽんと肩を叩かれて、私はのろのろと顔を上げる。

綺麗にウェーブした深い茶髪に、クリッとした目が印象的な女の子が鞄を片手に立っていた。

「隣、いい？」

「トモちゃん……もちろん」

私がこくこくと頷くと、友人のトモちゃん、もとい安西智美《あんざいともみ》ちゃんがストンと私の右隣の席に腰を下ろした。

ミントグリーンのサラリとした生地のトップスに、デニム生地のスカートがすごくマッチして似合っていて、私は思わずポツリ。

「か、かわいい……」

「あ？　さては寝ぼけてるね？」

ニヤリと笑いながら、このこのと肘でつつかれる。

「寝ぼけてない、本音」

「目が眠そうだぞー」

ひらひらと手を振りながら言われ、私は目元を手で伸ばす。そんなにまだ眠そうなのか、私。

「後ろ姿、めっちゃ思い悩んでたけどどうかした？」

「あー、いや、恥ずかしいこと思い出しちゃって」

「あるある。後からうおおって叫びたくなるやつ」

苦笑しながら、トモちゃんは講義のテキストと筆記用具を出し、スマホを机の上に置く。

「なにが『うおお』？」

後ろから聞こえてきた涼やかな声に私たちが振り返ると、白いTシャツにデニム姿の澪が立っていた。今日も今日とて綺麗で、スタイルの良さが際立つ格好だ。

「お、澪だ。おはよ」

髪を耳にかけながら、トモちゃんがシャープペンシルをちょいちょいと振る。澪は微笑んでこっくりと頷き、こちら側に少し身を乗り出す。

「おはよう。ここ、座ってもいい？」

「もちろん」

私とトモちゃんが頷くと、彼女は私を挟むように左隣に座った。

「で、どうした訳」

澪ちゃんは私の方にぐいと前のめりになってそう聞いてきた。

「なんか恥ずかしいこと思い出して悶《もだ》えてたらしいよ」

「へえ、なにを思い出して？」

「あの、二人とも、傷口に塩塗り込むスタイルやめてくれません……!?」

そう言いながら私はぶんぶんと手を振る。

それは、割とよくする動作だったのだけれど。

あれ、小指がまだ痛いな……と手を振る動きが止まる。というか、だんだん痛みを感じる部分が多くなってきた気がする。軽く捻挫《ねんざ》でもしてしまったのだろうか。

「彩梅、どした？　固まって」

「あ、ううん、なんでも」

二人が心配そうにこちらを窺ってくるけれど、私が笑って誤魔化しているうちに講義開始のチャイムが鳴る。それと同時に講義室に入って来た教授を見て、私たちは慌てて正面に向き直り。そうして、始まった講義に集中することにした。

そう、集中しようとしたのだ。なのに。


「うう、なんで居眠りしちゃったかなあ……！」

「すごいよ彩梅、先生が『ここテストの出題候補です』って言った場所だけぱっちり起きてんだもん」

大講義室を出つつ、そうからからと笑いながら私の背中を軽く叩くトモちゃん。

「寝るの上手いね」

と感心したように頷く澪。

「こ、こんなはずでは」

言い訳をするようで大変心苦しいけれど、寝る気はなかったのに……！

奨学金で少し費用は浮いているものの、大学の学費は十二分に高い。無駄にしてはいけないと思っていたのに。

「うう、罪悪感……しかもまた変な夢見るし……朝の続きだったし」

「変な夢？」

「あ、いや……おかしな体勢で居眠りしたから見たのかも……」

澪が心配そうに眉を顰めたけれど、まさか「知ってる男の人が夢に出てくるの」なんて相談できない。

「寝不足じゃない？　どんな相談だ、それ。

「寝不足じゃない?　さっきもなんかしんどそうだったし、今日は早めに休みなよ?」

「そうする、ありがとう……」

トモちゃんからも諭され、私はこっくりと頷く。帰ったら早めにゆっくり寝よう。

それにしても眠い、眠すぎる。

『――まだか、まだなのか』

「あれ、また声が聞こえる……」

聞こえてくる声に気を取られた瞬間、体がふっと浮く感覚があった。

「彩梅、危ない！」

両側からガッと腕を掴んでくれた手で、私はなんとかその場に踏みとどまる。

「彩梅、そこ、階段だよ……」

「だ、大丈夫⁉」

「ご、ごめん。助かった」

私は冷や汗をかきながら、階段からのダイナミック転落を防いでくれた友人二人にお礼を言う。

「やばい、この感覚久しぶりかも」

「ん、なんか言った？」

とっさに掴んで皺になってしまった袖を伸ばしてくれていた澪が、私を見て首を捻る。

「あ、ごめん、なんでも……やっぱ寝不足だね……」

はははと誤魔化し笑いをする私。まさか言えやしない、前はこれが日常茶飯事だったなんて。何もないところで何かに引っかかって蹴躓《けつまず》く、上から物は降ってくる、電子機器は正常に作動しない、そういった地味に嫌なことがよく起こるのが私の『不幸体質』だった。

その原因は私が引き寄せてしまうあやかしたちにあったのだけど、知らなかった私はずっと、周りを巻き込んでしまうかもという悩みに苛《さいな》まれていて。

青宝神社に来てからは、神威さんや翡翠さんといった神様たちの加護を受けて、その体質由来の出来事はめっきり減った。

だから今はもう、こうして思う存分友達と過ごせるようになったはずだったんだけど……。

「しっかしどうしよう、心配だなこりゃ」

校舎から出て大学の出入り口の方へ歩きながら、トモちゃんがぼやく。

「ん？　何が？」

「何がじゃないよ、彩梅のことさ。このままぼやぼやしてたら道路に飛び出しちゃったりしそうで」

私の方へ親指をくいと曲げながら、盛大なため息を吐くトモちゃん。私は慌てて首をぶんぶんと左右に振る。

「いや、流石にそこまでは」

「そうねえ、心配だし家まで送ってこうか」

「えええ、澪まで……」

今日の私、そんなポンコツなのか。こんなに気を遣わせてしまっている。

「そうだね。というか彩梅って家どこら辺なの？　一人暮らし？」

「あ、いや、一人暮らしと言いますか……」

と言いかけたところで、私は口ごもる。いったいどう説明したものか。

まさか今の暮らしをそのまま伝える訳にもいかない。広大なお屋敷に間借りしていて、同居しているのは全員神様か元神様かあやかしって、どう考えてもおかしいな。今更だけど。

「おーい、彩梅！」

なんか聞き覚えのある幻聴までするし。

「この声は雷火さんか……ああ、毒されてるなあ」

「お、見つけた。なーにぶつぶつ言ってんだ？」

頭を抱えているところに、ひょいと顔を覗き込んでくる人影が一人。突然近くで聞こえてきた男の人の声に、私は「うおっ」と驚きの声を上げてしまった。

「お前な。もうちょいこう、可愛らしい驚き方できねえのか」

「……それはどうも、すみませんでした」

目を丸くして私の前に佇む雷火さんに、私はむっすりと言葉を返す。出会い頭に失礼な。

「……ってあれ、なんでいるんですか⁉」

「なんでってそりゃあ、お前を迎えに」

目を剥《む》く私の前で、何を当然のことをと言わんばかりの顔でこちらを見返してくる雷火さん。灰色の半袖パーカーにジーンズという出で立ちは、大学のキャンパス内の学生たちに見事に溶け込んでいた。

というか、外見がいいのでだいぶ目立つ。神威さんばりに。

「え、待って彩梅、誰このイケメン」

ああ、トモちゃんまで。

「……これが彩梅の彼氏？」

澪が形の良い目を見張ってまじまじと雷火さんを見る。私は私で、その言葉にびっくりしてものすごい勢いで首を振ってしまった。

「ち、違う違う！　この人は、えーと」

何と説明したらよいものか。同居人とか、アルバイトが一緒とか？　いや、もっと当たり障りのないものないかな。

「どうも。いつも彩梅がお世話になって」

「な」

私がどう説明しようか迷っている間に、なんと雷火さんは自分から話しかけに行き、私の友人二人ににこやかに微笑みかけた。二人の顔がみるみる赤くなる。

「ちょっくら、彩梅借りてってても？」

「あ、どうぞどうぞ」

トモちゃんがはっと我に返ったように目を見開き、手で『どうぞ』と指し示す。そして彼女はそのまま澪の腕を取り、「ほら、澪も行くよ」と引っ張り出した。

「智美、どこ行くの」

「あの二人の邪魔しちゃ悪いでしょうが」

そんなひそひそ声が聞こえてくる。いかん、何かを勘違いしている。

「ちょ、ちょっと待って。なんかすごい勘違いを……」

「じゃ彩梅、またね！」

トモちゃんは颯爽《さっそう》と去っていく。私は「は、話を聞いてくれ」とがっくりうなだれた。

「そんなに落ち込まんでも」

頭を抱える私の横で、雷火さんが呆れたように目をぐるりと回した。私は思わず一歩踏み出して噛み付く。

「どうするんですか、すごい誤解されてるんですけど！」

「いやお前、それ心配するところが違うからな。今はそれどころじゃねえぞ」

「はい？」

「……とりあえず、ゆっくり話できるところに行くから来てくれ」

いったいどういう風の吹き回しなのだろうと戸惑う私の右手をがしりと掴み、雷火さんはすたすたと歩いていく。意外とその力は強く、振りほどけないと悟った私は、大人しくついていくことにしたのだった。

◇◇◇◇◇

「手、出せ」

大学から尾道市街へ戻り、本通り商店街の脇道に入ってたどり着いた、レトロな喫茶店の中。ソファー席に座るなり、雷火さんは唐突にそう切り出した。

「へ？」

「左手」

早く見せろと言わんばかりに、雷火さんは真剣な面持ちで片手を差し出してくる。私はすっかり面食らってしまった。

「いらっしゃいませ。ご注文がお決まりの頃、またお伺いしますね」

「あ、ありがとうございます！」

大正時代のハイカラさんみたいな、袴姿に可愛らしいエプロン姿の女性の店員さんが、私たちの前にグラスに入った水を置いてくれる。私は思わず、その姿にぼうっと見惚れてしまった。

「うわあ、かわいい……」

「お前も似たような格好してるだろうが、あの店で」

「いえ、それとこれとは違うんです」

「何が」

私の熱の籠もった語気に気圧されたのか、木製のテーブルに頬杖をついていた雷火さんが若干仰《の》け反《ぞ》った。

「こういうお店であの服装っていうのが最高なんですよ。レトロな喫茶店にあの袴姿がすっごくマッチしてて……いいなあ、大正浪漫《ロマン》」

私は店内を見回しながら、うっとりとその空気感に浸る。床やテーブル、椅子などは木の温かい茶色を基調としたデザイン、窓にはアンティーク調のステンドグラス。ソファー席は濃い深紅のソファーで、それに座って喫茶店にいるというだけで、気分が上昇してくる。

「色んなカフェや喫茶店があるんですよ、尾道には。ああ、色々巡りたい……」

「……満足そうで何よりだ。奢《おご》ってやるから、頼むもん決めろ」

「え」

唐突な申し出に、思わず固まる私。今何と？

「なんだよ、その間抜け面は。俺だってなあ、他人のために――」

「雷火さん、現代の通貨持ってるんですか？」

「そっちかよ……」

私の言葉にがっくりと肩を落とす雷火さん。

大学で違和感のない服装を見たときにも思ったけど、もしかすると翡翠さんや神威さん辺りから、現代の知識を教わっているのだろうか。

「とりあえず、ここは私の奢りで」

私はそう言ってメニュー表をじっくりと眺める。ホットケーキにフレンチトースト、チーズケーキにプリン。飲み物も、クリームソーダが美味しそうだし、ここは王道にコーヒーも捨てがたいし、ううむどうしたものか。

「いや、俺、神社で働くことになったろ？　給料前払いでもらったんだよな、今月は」

「いえ、それは貴重なものなので取っておいてください。ここは私が」

雷火さん、貯金とかなさそうだしなと、失礼なことを考えてしまう。

「お前、今でも頑固なんだな……」

深々とため息を吐きながら、雷火さんが「俺、このホットケーキとカフェオレで」とメニュー表を閉じる。

「はい？　『今でも』？」

今でも何も、私はまだ雷火さんと出会ってから数日しか経ってないのだけど。それを『今でも』というのは、なんだか違和感がある。

「とりあえず注文な。どれだ？」

「あ、えっと、クリームソーダとプリンで」

「おうよ」

雷火さんがすみませんと店員さんに声をかけ、二人分の注文をする。そのあまりのスムーズさに、私は思わず目を見開いた。この元神様、順応性が高い。

「なんだ、またそんな顔しやがって」

「いえ、この前までロープウェイとか電車に大騒ぎしてた人に見えな……む」

テーブルの下でぎゅむりとスニーカーを軽く踏まれ、私は言葉を止めた。雷火さんはムッとした顔で頬杖をつき直す。

「これでも色々、現代のこと夜通し勉強したんだぜ？　お陰で寝不足だ」

「ああ、それで今日の朝」

あんなに熟睡してたのか。私が納得して頷いていると、「話を戻すぞ」と雷火さんがため息をついた。

「ほれ、さっさと左手寄越せ」

そう言いながら、手をこちらに伸ばしてくる。いったい何が起こるのだろうと思いつつ、私は恐々《こわごわ》と左手を前に差し出した。

その手をがしりと掴み、何やら手相を見るように検分し始める雷火さん。

「ふーん……なるほど」

「あの、何をチェックしてるんですかこれ」

私は片手を掴まれたままカチカチに硬直した。手相占いとかならいざ知らず、知り合いにじっと手を見つめられるのって、結構恥ずかしい。

「お前さあ、小指痛いんだろ」

手を離しながら言われた言葉に、私は目を見開く。

「え、なんで」

　私はその場で硬直したまま、恐る恐る左手の小指を見る。確かに昨日から痛むけれど、外傷は特に見当たらないのに。

「お前の手から妙な気配がするから」

　こともなげにそんなことを言いながら、雷火さんはグラスの水を飲んだ。

「みょ、妙な気配って何ですか」

「ん？」

　雷火さんは澄まし顔で呑気に水をごくごくと飲んでいる。この様子だと、そんなに大したことじゃないのかなという気もするけれど、それにしてもさっきの言葉は不穏すぎる。

　そんなことを思いながら雷火さんを見つめていると、彼はやっとグラスをテーブルの上に置いて私の左手を指さし、口を開いた。

「呪いの気配がすんだよな」

「の、呪いぃ⁉」

　思わず声を大きくしかけた私に、雷火さんが「落ち着け」と眉を顰める。

「解く方法はちゃんとあるから、まあまずは聞け。まだ時間はある」

「そんなこと言われても、全然落ち着けないんですけど」

　呪いって。いくら不幸体質な私といえど、そんなものに見舞われたのは初めてだ。頭が真っ白のまま、私は呆然と雷火さんを見つめる。

「あー……待った、俺の言い方が悪かった」

右手でぐしゃぐしゃと黒髪をかきながら、雷火さんは言葉を探して宙を見上げた。

「『呪い』っつーか、正しくは『約束破りの呪紋《じゅもん》』だ」

「更に分からなくなったんですけど……」

私はジト目で雷火さんを見る。もうちょっと分かりやすい説明が欲しい。

「分かりやすくっつってもなあ」

「まずはどこから説明すりゃいいかな」なんて呟きながら、雷火さんは腕組みをして固まってしまった。

「あの、そんな複雑な話なんですか？」

「多分複雑になる。お前、この人生で神やらあやかしやらと契約したことは？」

「契約？」

突然の質問に、私は考え込む。神様やあやかしと話したり関わったりするようになったのは、つい最近の話だ。一応、前にも一度神威さんたちと接触したことはあるが、それは私がまだ小さい頃のこと。

だから契約っていっても、その間にしかしようがないと思うんだけど……。

「あ、翡翠さんたちと、神社とレストランでのアルバイト雇用契約なら」

「ちげーよ、そういうんじゃなくて……じゃあしてねえな、間違いなく」

ぶつぶつと呟きながら、雷火さんは「そうか」と頷く。

「じゃあ、やっぱ複雑もいいとこだな。なんせお前の前世にまで遡らにゃならんし」

「ぜ、前世……？」

前世って、物語とかでよくある、自分がこの世に生まれるより前に経験した別の人生、みたいなもの？　そんなものあるのか、この私に。

「そ。前世」

「……」

唐突な言葉に私が呆けていると、店員さんが「お待たせしました」と言いながら注文したメニューを持ってきてくれた。

黄金色に焼けたほかほかのホットケーキに香り立つカフェオレの組み合わせは、雷火さんの分。キラキラとエメラルドのようにきらめくクリームソーダと、透明な器に盛られた昔ながらの硬めなプリンの組み合わせは私の分だ。

深刻な話をしているはずなのだけれど、あまりに美味しそうなものを前にして、私の注意はすっかりそちらへ向いてしまった。

「話長くなるし、食いながら話すぞ」

「は、はい」

ありがたい申し出に私はこくこくと頷く。正直雷火さんの話も気になるし、目の前のメニューも気になる。これ、絶対美味しいやつ。

一口プリンをすくって食べると、硬さしっかりの濃厚なプリンに、ほろにがいカラメルソースが程よくかかっていて、その風味の豊かさにびっくりした。私は思わず目を見開く。

「お、美味しい……！」

ゆっくり一口目のプリンを味わった後、シュワリと弾けるクリームソーダも一口。てっぺんのバニラアイスが程よく溶けていて、メロンソーダの爽快感に滑らかなコクが加わりながら、喉を通りすぎていく。

「……これも食うか？」

雷火さんがホットケーキを一口サイズに切り分け、私の皿の縁にちょこんと置いた。

「え、いいんですか？」

「これからちょっと若干ヘビーな話するから、たんと食っとけ」

「……」

なんだ、ちょっと若干ヘビーな話って。

だけど、この黄金色のホットケーキの魅力には抗《あらが》えない……！

「い、いただきます。代わりにこれどうぞ。美味しいですよ」

私は分けてもらったホットケーキと同じくらいの量になるようプリンをすくい、雷火さんのお皿の上に置く。そしてひょいとホットケーキを口に運んだ。

口に入れた瞬間、ふわふわの生地の甘みが広がる。噛むとバターがじゅわりと滲み出て、香ばしいバターの甘じょっぱさが口内を満たした。

「うわあ、これすっごいですね。何もかけなくても全部いけちゃう……！」

「このプリンも美味《うめ》えな」

「でしょう？」

「お前が作ったんじゃねえだろ、威張るな」

胸を張る私に、苦言を呈する雷火さん。うん、ごもっとも。

私たちは目の前のプリンとホットケーキをものの数分でぺろりと平らげ、ドリンクをゆっくり味わった。

「……悪い、食うのに夢中で」

「いえ、私もです……で、ヘビーな話って何ですか？」

美味しいものを食べることを優先しすぎた私たちは、こほんと互いに咳ばらいをし、改めて話を仕切り直す。

「まずはお前の前世の話だな。結論から言うと、お前はその前世で『神堕《かみお》ち』と何かしらの契約をしたはずだ。その小指がその証拠な」

ほれ、と言いながら雷火さんが私の左手を指さす。

「とうとう紋が浮き出てきやがった」

「も、紋？」

恐る恐る自分の左手を見る。

「って、なんですかこれ……⁉」

驚いた、というより目を疑った。昨日から軽い痛みが続いていた小指に絡まるように、黒々とした蔦のような模様が浮き上がっていたからだ。

「さっきまでは何もなかったのに」

「そりゃあ、時間経過とともに進行してくからな」

さらりと言いつつ、雷火さんは肩を竦める。

「じ、時間経過？」

「さっきも言ったろ、『まだ時間はある』って」

雷火さんが澄まし顔でカフェオレを啜る。お、おのれ、この非常事態に……。とは思いつつも、私もさっきまでプリンを心ゆくまで堪能していたのだから何も言えない。

「その呪紋はな、『神堕ち』と契約したっつーのに、契約相手が約束を守らなかったときに出てくるもんだ。大方、お前が前世で何かしらを契約したんだろうよ。んで、それを忘れて約束を破っちまった、と」

「いやちょ、ちょっと待ってください」

私は頭を抱えながら雷火さんの話に待ったをかけた。

「色々分かんないんで、一から説明してくれますか」

「あ？　呑み込みの悪い奴だな」

「むしろこれで呑み込める人の方が怖いです」

私が腕組みをしながら言うと、雷火さんは「わあったよ」とため息をついた。

「なんなりとどうぞ？　俺様が答えてやる」

ふんぞり返って、上から目線でのお言葉である。こ、この……。

「……聞きたいことはたくさんあるんですけど、まずこの呪紋について教えてください。何かマイナス点は？」

「あー、それな」

軽く頷き、雷火さんはカフェオレをごくり。

「その呪紋は小指を出発点に広がっていく。で、それが心の臓まで達すると、当人の寿命を蝕《むしば》むようになる」

「……」

その言葉を解するのに、しばらく時間がかかる私。

「ん、つまり私、寿命縮まるってことですか？」

「待て待て、早まるな。『心の臓まで達すると』っつったろ」

頭が真っ白になりがらも、小指に浮き出てきた黒い紋を再び見る。今のところ小指全体にかかってはいるけれど、さっき見たときから広がってはいない。

「心の臓まで達するのには二週間くらいかかる。な、まだだろ？　それに縮んだってすぐ寿命が来る訳じゃねえし」

「いや短《みじか》！」

に、二週間って。私はへたりとテーブルの上に突っ伏した。

「おい、起きろ」

「無理です、ちょっと心の整理が……」

「だーから大丈夫だっつったろうが。解決策はある。俺も何度か同じ目に遭ったしな」

「はい⁉」

唐突なカミングアウトに、私はがばりと起き上がった。

「え、雷火さんも同じようなことがあったんですか？」

「おうよ。長く生きてりゃそういうこともある。もう神堕ちと関わるのはやめにしたかったけど」

ぶつくさと言いながら、雷火さんが顔をしかめる。

そうか、まあ神様として生きていたんだもんな……。

「そういえばあの、そもそも『神堕ち』って何ですか？」

「お前、そこからだったのかよ」

呆れ顔で見つめられ、私はうっと言葉に詰まる。

「いえ、『呪い』って言葉と寿命が縮むって事実の衝撃が強すぎて」

聞くの忘れてた。

「『神堕ち』ってのは、神は神でも神籍を剥奪《はくだつ》された、『元神』のことだ。あんたのその指の模様はさっきも言った通り、神堕ちと契約した後に、契約不履行で浮かび上がってくる呪紋。気配も特徴的だからすぐ分かる」

神籍を剥奪された、元神様。そんな存在がいるなんて、知らなかった。

「ええとあの……分かりやすいのなら、なんで昨日、翡翠さんや神威さんは何も言わなかったんでしょう？」

小指の痛みを初めて自覚したのは、雷火さんの一件が終わった後、竹林の道を歩いているときだった。

あのとき、紋こそ出てはいなかったけれど、神威さんも翡翠さんもすぐ近くにいたし、その後も一緒だったのに。

「そりゃあれだ、俺が神堕ちに関わったことが多くて気づきやすかったっつーのと、俺自身が神堕ちみたいなもんだからだろうな」

雷火さんは私の顔をちらりと見て、大きなため息をつく。

「言ったろ、今の俺は半神半人。つまり、半分神力を失ってることになる。つまり、そこは神堕ちと一緒なんだよ」

「な、なるほど」

「ま、とにかく俺がいてよかったな？」

そんなことを言いながら、へへんとどや顔で胸を張る雷火さん。

「うん……そうですね……」

雷火さんに対応する気力もなく、そう返事をしながら私は俯いた。

心臓まで達すると寿命が縮まる蔦模様。した覚えのない、『神堕ちとの契約』。そしてそれは、前世の私がしたことだろうという。

「前世の私、いったい何したってのよ……」

私はぽつりと、文句を言ってみる。前世なんて分かりはしないし、身に覚えのないことで寿命が縮まるのなんてまっぴらごめんだ。

あ、なんか腹立ってきた。

「……雷火さん、この『紋様』の原因の神堕ちさん、誰か分かります？」

「いーや、それは分からん。前世のお前にしか」

「は、はい？　もうそれって無理じゃないですか」

前世なんてものが本当にあることにすら驚きなのに、ましてやその記憶なんてある訳がなく。万事休すだ、と私は唇を噛む。

「あー、いや、ちょっと待った。確証がなくて分からんってだけで、何となくの見当はつくぜ」

なんだか慌てた様子で、雷火さんがそう切り出す。「な、泣くなよ？　泣くか？」と聞いてくるので、どうやら私は泣きそうな顔をしていたらしい。

「ほ、ほんとですか？」

「おう。ま、予想だけどな。んで、ただの予想じゃ困るから、そこでお前の前世の記憶が必要になるって訳だ」

「……また説明すっ飛ばしましたね？」

「すっ飛ばしてねえ、結論から先に言っただけだ」

しれっとした顔で、雷火さんは舌をぺろりと出した。むかつく表情だけど、顔が整っているから文句のつけようがない。いや、それよりも。

「ていうか、さっきから前世って何度も言ってますけど、雷火さんは何か知ってるんですか？　前世の私のこと」

私はふとした疑問を、彼にぶつけてみる。

思えば雷火さんの行動や言葉は、時々不可解だった。

さっきだって「今も頑固なんだな」なんて、まるで昔から知っていたかのような口ぶりだったし、そもそも初対面のときも、「お前、なんか見覚ええっつーか、匂い覚え？　ある気がするな」なんて謎の台詞を吐くし。

もしも、雷火さんが前世の私を知っていたとするならば。その訳の分からなかった台詞にも説明がつくんじゃないか。

「知ってるさ。お前ら、有名だったしな」

と、雷火さんはむすっとした顔で答えた。

「お、お前ら？」

突然の複数形に、たじろぐ私。何で今、複数形になったのだろう。

「そうさ、お前らだ。まさか今世でも揃ってるところを見られるとは、転生もしてみるもんだな」

「揃ってる……？　何を言ってるんですか？」

「お前、本当に何も知らねえのな」

口をへの字に曲げつつ、雷火さんははっと鼻で笑いながら呆れ声を出した。

「神威の方は分かってると思うぜ？　聞いた話じゃ、雨童もな。だからお前があの神社に来たタイミングであのレストランに行ったらしいじゃんか」

そう言いながら、くつくつと彼は笑い出す。

「しっかし本当に傑作だったわ、神威が俺を見る目ときたら。今もイライラしてるに違いねえ。ふん、いい気味だ」

「さっきから何を……」

「よし、何も知らないお前に、この俺が教えてやる」

　カフェオレをぐいと飲み干し、雷火さんはどこか皮肉な笑みを浮かべながら、こう言った。

「お前の前世は、青宝神社の初代人神『白露』の奥方、『鈴蘭』だ。――あの人神野郎、神威の前世の、たった一人の奥方だ」

「――はい？」

　今、何て言った？

「いや、本当だっての。そんな疑り深そうな顔すんな」

「失礼いたしました」

　私はそう言いつつ、頬をつまんで表情筋の体操をしてみる。こうでもしないと、色々と処理しきれなくて情緒が危ない。

「てえ訳で分かったか？　お前の元旦那に、前世の記憶を取り戻す料理を作ってもらいな」

「いや、全然分かってないんですけど」

　もうちょっと説明をお願いしたい。切実に。

「うーん……てことはつまり、神威さんの前世が私の前世と同じ時代にいて……なおかつ、私の元旦那さん、ってことですか……?」

いやいや待て。そもそも神威さんの前世って、青宝神社の初代人神さまだったのか。ということは、翡翠さんと出会って食事処を始めたのもその人ということで。

「だから、そう言ってるだろうが」

「にわかには信じられない話ですね」

「本当に、そんなこと思ってるか?」

ううむと腕組みをしながら私がぼやいた言葉に、雷火さんが静かに問いかけてくる。

「本当にって……」

本当にそう思ってますよと返そうとした私は、ふと猛烈な既視感に襲われて口をつぐんだ。

思い出したのだ。今朝見たばかりの、あの夢を。

私は着物姿の綺麗な女の人の姿で山を登って、昔の尾道の景色が見えて、そこに神威さんそっくりの男の人が来て、それから。

彼の名前は『白露』。私は、鈴蘭と呼ばれていた。私の思いつく限り、そんな名前の知り合いはいないし聞き覚えもない。

あのリアルな夢に出てきた名前と、雷火さんから今聞いた名前が一致するなんて、それこそすごい確率じゃないだろうか。これが偶然でないとするなら。

「……夢を、見たんです」

私は頭を抱えながら呟く。気のせいか、小指の痛みがさっきよりも増した気がする。じんじんと、痺《しび》れるような痛さ。

「夢？」

「はい。山の奥の、ある日の夢を。神威さんそっくりな人が出てきて、私を鈴蘭って呼んでました……」

そう言ったきり、黙りこくった私の顔を、雷火さんがひょいと覗き込む。

「まあ、まずは戻るか。神社に」

「……はい」

私は頷き、彼と一緒に席を立つ。喫茶店から出たところで、雷火さんは無言で「ついてこい」とジェスチャーをしてすたすたと歩いていく。

私がそのまま大人しくついていくと、そこはちょうど人気《ひとけ》のない路地裏だった。

「よし、ここならいいか」

突然、私はひょいと担《かつ》ぎ上げられ、宙に浮く。

「え？　え？　なんですか？」

「俺の記憶も完全に戻った訳だし、神社までひとっ飛び、ってな」

その言葉に、私はさあっと青ざめる。飛ぶって、あの『飛ぶ』？

「こ、心の準備が……うわあああああ」

「だからその悲鳴、何とかしろよお前」

立派な白銀の龍になった雷火さんに荷物のように抱えられ、私は空中滑空をする羽目になったのだった。

◇◇◇◇◇

「もう高いところは当分結構です……」

「彩梅さん、この神社に居る時点であなたは『高いところ』にもういらっしゃいますよ。ああ、あとそれ預かっていてくださってありがとうございました」

「おっしゃる通りで……あ、どうぞ」

嘉月さんのご指摘には、静かに頷くしかなかった。私は巫女装束で境内の社殿の前にぼうっと立ち、彼の差し出した手の上に革表紙の冊子を置く。

預かっていたのはいつもの白紙のメニュー表だ。どうやら嘉月さんはバタバタしていたらしく、私はこの神社に来るなり「作業が終わるまで持っていてください」とこの革表紙の冊子を押し付けられていたのだった。

「いつも平地より高いところに暮らしてるくせに、情けねえな」

「いや『高い』の基準、違いますからね？　空と山を同一に並べないでください」

聞き捨てならない台詞をかます雷火さんに、私は恨みがましくそう述べる。何せ、心の準備もほとんどないまま空中滑空されたのだ。まだ動悸が収まりそうにない。

「いやあ、まさか雷火が彩梅ちゃんのとこに単独で行くとは」

翡翠さんはぽりぽりと頬をかき、両手をメガホンのように口に当て、私の耳元まで持ってきた。

「神威がねえ、今むちゃくちゃ機嫌悪いんだよね」

「え」

私は思わず顔を引きつらせる。こ、このタイミングで？

「てことで、後は任せ――」

「何をひそひそやってんだ」

翡翠さんの後ろから人影がぬっと現れ、翡翠さんは「ひい」と軽く声を上げながら振り返る。

あの翡翠さんが、「ひい」？

「……お帰り」

「た、ただいま帰りました、です」

無表情の神威さんから短く声をかけられ、私は恐る恐る声を絞り出す。

これは、どんな表情で向き合うべきだろうかと悩みながら。

――お前の前世は青宝神社初代人神の『白露』の奥方、『鈴蘭』。――あの人神野郎、神威の前世の、たった一人の奥方だ。

さっき、雷火さんから聞かされた言葉が、頭の中でぐるぐる回る。

「……どうした、具合悪いか？」

「あ、いえ、そういう訳では」

私が慌てて首を振ると、神威さんは私の左手首をぱしりと掴んだ。唐突な動きに私は思わず口をパクパクさせる。

「な、ななななんですか⁉」

「……これか」

私の小指をじっと見つめてそう呟くなり、神威さんは大きなため息を一つ。そして私の手を掴んだまま、もう片方の空いている手で顔を覆った。

「か、神威さん？」

「あんたはほんとに、色んなもん拾ってくるな……」

「す、すみません」

「謝らんでいい。あんたのそれ、もう反射だな」

神威さんがわしゃわしゃと私の髪を乱しにかかってくる。

「ちょ、髪！」

「で？　雷火と何話してたんだ、喫茶店で」

静かに問いかけられ、私は恐る恐る神威さんを見上げる。

「……なんだ、その顔」

「なんで喫茶店にいたって、知ってるんですか？」

私の問いかけに、「しまった」という表情をする神威さん。

「ああ、バレましたね……」

「バレたね、ストーカーが。ってか、嘉月も加担したんだから同罪だよ？」

「翡翠くんも興味津々で水鏡見てたじゃないですか」

ひそひそ声で話しているつもりかもしれないけれど、嘉月さんと翡翠さんの会話がここまで聞こえてくる。

前にも同じようなことはあったけど、要は私と雷火さんの行動を、また嘉月さんの千里眼の能力を使った水鏡で見てたんだな。全部筒抜けってことか。

「どこに行ったんですかね、私のプライバシーは……」

「い、いや、違う。今朝はあんたの様子がおかしかったし」

珍しくあたふたとした表情で後ずさりする神威さん。

「神威、お前そんなことしてたのか……いくら彩梅が元嫁だからってなあ、そんなことしてたら愛想尽かされるぞ」

「あ？」

神威さんは目を丸くして、会話に参戦してきた雷火さんの方をくるりと向く。

「お前まさか、話したのか」

「そりゃもう、前世のことならばっちり。でないと彩梅の呪紋は消えねえし」

「勝手なことを……」

神威さんの表情が、みるみるうちに険しいものになっていく。

あ、あれ。神威さん、なんかめちゃくちゃ嫌そう。

「そんな怒らんでも……。嫌だったか？」

「最悪だ」

神威さんの不機嫌さがびしびしと伝わってきて、私の体からさあっと熱が引いていく。

なんだか、さっきまで緊張していた自分が自意識過剰に思えて、急に悲しくなってきた。

そうか。私は雷火さんに自分の前世の話を聞いて、神威さんとのことも聞いて、嫌な気持ちは一切しなかったけれど。

神威さんからすれば触れられたくない記憶かもしれないという発想は、まるでなかった。

なんて身の程知らずなんだ、私。

「……話したなら仕方ない。手っ取り早く本題に入るぞ」

何気にずっと私の手を掴んだままの神威さんが、ぐいと私を境内の方向へと引っ張っていく。

「あ、あの、神威さん」

「なんだ」

こっちを見もせず、短く返ってくる答え。その声の硬さに、私の肩は強張った。

「私は大丈夫です。ご迷惑をおかけして、すみません」

そっと神威さんの手を引きはがして目を上げると、神威さんは目を丸くしてこちらを見下ろしていた。なんだろう、この表情。

戸惑う私の後ろで、「ああ」と深いため息が聞こえてきて。振り返れば嘉月さんが、信じられないものを見る目でこちらを見つめていた。

「大丈夫な訳ないでしょう……彩梅さん、痛覚って何で人間にあるのか知ってます？」

「つ、痛覚ですか？」

唐突な質問に、私は目を丸くする。

「そう、例えば僕の本来の嘴《くちばし》や爪でつつかれたら、あなたは必ず痛みを感じる。そういう感覚です」

私へ向けて、噛んで含めるように嘉月さんが説明し始めた。

うん、流石の私も『痛覚』の意味は分かるぞ。八咫烏のあの鋭い嘴と硬い三本足でつつかれれば確実に痛いであろうことも分かる。

「『痛覚』自体は分かりますが……あれですか、痛みがなければ傷にも気づかないから危険だ、っていう」

「そうですそれです」

うんうんと頷きながら、嘉月さんは神妙な顔つきで眼鏡を押し上げた。

「彩梅さん。自分の痛みに気づかない鈍感者は、いつか限界を迎えて爆発します。そのときがとても、怖いのですよ」

「……」

「言っていいのです。痛いときは痛いと。辛いときは、辛いと。助けてほしいときは、助けてほしいと」

嘉月さんが淡々と、それでいていつになく穏やかに、私に話しかける。

「そうそう、嘉月の言う通り。このメンツが揃ってるのに、助けられないなんてことはないからね」

嘉月さんの後ろから顔を出し、温かな笑顔でうんうんと頷く翡翠さん。

痛いときは、痛いと。辛いときは、辛いと。助けてほしいときは——。

「……っ」

ふと、私の目尻に熱いものがこみ上げる。そうだ、私は。

訳の分からないことに混乱していた。『呪い』やら『契約破り』やら、何をどうしていいのか分からなかった。二週間経てば小指から心臓に呪紋が達し、寿命が縮まると知らされて。

今言われてみるまで、気づかなかった。

自分自身の持つ、とてつもない不安に。不安ではち切れそうな、この気持ちに。

「……人はピンチに直面したとき、自分自身のことなのにどこか他人事《ひとごと》みたいに感覚が鈍くなることがあるからな。あんたのは多分それだ。そうやって自分自身の心をなんとか保ってたんだろう」

私の頭の上に神威さんがそっと手を置く。いつものあの、温かい手だ。

「頼りたいときは真っ先に頼れ。そのために俺たちは、ここに居る」

そう呟いて私の髪をぐしゃぐしゃにするのは、いつもの神威さんの手で。

「……た」

「た？」

優しく神威さんに促され、私は思わず唇を震わせる。

「た、助けてください……！　私、前世を思い出さなきゃいけないみたいなんです……！」

神威さんの着物の袖を握りしめて、私はそう口にしていた。

◇◇◇◇◇

「あの、これは……」

私はテーブルの上に広げられたいくつもの料理を前に、呆然としていた。

夕日の差す窓の向こうに、暮れなずむ美しい庭が見える席。

壁は白く、床はダークブラウンの木材。天井から下がるステンドグラスのランプが、虹色の光を床に落とす。

そう、ここはレストラン『招き猫』の店内だ。

そしてテーブルの上には、洋風な内装とは似つかわしくない料理がずらりと並んでいた。

水餃子に海老蒸し餃子、小籠包《ショウロンポウ》、肉まんみたいな形の饅頭《まんじゅう》。春雨《はるさめ》と白菜のスープのようなものまで、どっさりと皿が並べられていた。極めつけに月餅まであるから、デザートまでフルコースだ。

「満漢全席《まんかんぜんせき》ですか……？」

「あなたの知識どうなってるんですか。それを言うなら、どちらかというと飲茶《ヤムチャ》でしょう」

「そ、そうですね……」

私は嘉月さんの訂正に恐る恐る頷いた。彼は「まあいいでしょう、ゆっくりお飲みなさい」と言いながら私の手元のカップにお茶を注いでくれる。

「龍鳳茶《りゅうほうちゃ》――プーアル茶の一種です。油ものの料理とよく合い、さっぱりした飲み口なんですよ。冷やしたお茶もこちらに置いておくので、お好きな方をどうぞ」

「あ、ありがとうございます」

勧められるまま、薄い陶器でできたカップに口をつける。

ほろりとした苦みが効いていて、確かにさっぱりとしているお茶だ。気を抜くと、するすると飲めてしまう。いかん、これでは食べる前にお腹が……！

「……食欲はありそうだな」

こちらをじっと観察するようにこちらを眺めながら、目の前に人が座る。それを見て、心臓が跳ね上がってしまう。

駄目だ駄目だ。

いつも通りにして、私は特に何も、みたいな態度を取らなければ、こちらの精神が先にまいってしまう。よし、ここはきっぱりと。

「あ、ありまふ」

噛んだ。

「……」

神威さんの向こう側で、こちらに背を向けている黒髪青年の肩が震えているのが見えた。つらい。

「そうか、じゃあ好きなだけ食べるといい」

私が噛んだことには一切触れず、神威さんはそう言ってくれた。いっそのこと笑ってくれた方が楽だったかもしれないと、私は半ば八つ当たりのようなことを思ってしまう。

「ところで、このメニューって」

ここで料理を作ってくれるということは、私の『思い出のメニュー』なのだろうけど。

私、メニュー表触ったっけ？

「ああ、さっき嘉月があんたにメニュー表持たせたろ？　今のあんたに必要な料理だ」

「な、なるほど」

そういえば雷火さんに連れられて青宝神社に戻ってきたとき、嘉月さんにさりげなくメニュー表を託されたっけ。全然意図に気づけてなかった……。

私は自分の察しの悪さに頭を抱えつつ、きょろきょろと辺りを見回す。

「あの、翡翠さんは？」

「雷火ともども、気を遣って席を外しやがった、あの猫神」

神威さんの口調が、雷火さんみたいになっている。

「……そう、ですか」

「……」

返ってくる沈黙が痛い。神威さんも何やら気まずそうな顔をしているし。

私はすうと息を吸い込んで、手をパンと打ち合わせた。

「い、いただきます」

「お、おう。どうぞ」

私は一番手前にあった、小籠包に手を伸ばす。

持ち上げると提灯《ちょうちん》のように揺れて、たっぷり詰まったスープと餡に期待が膨らむ。

一気に食べると熱いので、まずは端に小さく穴を開け、少し中を冷ましてからスープを飲む。多分これは肉汁ではなく、魚介スープだ。出汁のよく効いたたっぷりのスープが口の中を満たし、思わず喉が鳴ってしまう。

そうしてスープを飲み終わったら、皮と中の餡をぱくりと一気に食べる。薄くもちっとした触感の皮と、出汁が染み出す魚のすり身餡の相性は最高だった。

――ああほら、一気に食べるんじゃない。これは食べ方にコツがあるんだ。

頭の中に、聞き覚えがないはずなのに、懐かしい誰かの声が響く。

そうか、あのとき、あの人は。何も知らない私に、食べ方を教えてくれた。

「美味しい、です」

「……普通なら肉を使うところなんだが。あいにくこの国じゃ、肉食が禁忌の時代だったからな。すまない」

その言葉に、私はぶんぶんと首を振る。魚介バージョンでも十分に美味しい。

そして私は、彼の言葉を聞いて更にこそばゆい気持ちになってしまった。なんだか、誰も知らない時間をひっそり共有しているみたいな気分だ。

落ち着かずそわそわとしてしまった私は、こちらをじっと窺っている神威さんに向かって皿を指し示した。

「あの、神威さんも一緒に食べてください」

「何？」

彼の目が見開かれる。まるで「いいのか」とでも言いたげだ。いいのかも何も、作ったのは神威さんだし。それに。

「一緒に食べてもらってこそ、意味がありますから。あの、お箸を……」

「いい。自分で取りに行くから、食べてろ」

神威さんは更に目を見開いた後、黙って立ち上がり、箸と皿を持って戻ってきた。

欲を言えば翡翠さんにも嘉月さんにも一緒に食べてほしかったけれど。翡翠さんに続き嘉月さんまでも、気を遣って席を外してくれたのだろう、いつの間にか部屋の中は私と神威さんだけになっていた。

次に私は肉まんみたいな饅頭に手を伸ばし、ぱくりと食べた。刻んだ小松菜や刻みネギ、ぷりぷりの海老、椎茸《しいたけ》や筍《たけのこ》がぎっしりと入った、今でいうところの野菜まん。

——ほら、他にも何でも食べろ。なんなら全部だっていい。これは包子《パオズ》と饅頭《マントウ》と言ってな、違いは……。

「美味しいです、この包子」

「料理の名前、思い出したのか」

「はい、教えてもらいましたから。具が入ってないのが饅頭……ですよね」

「……そうだ。それはこっち」

神威さんが皿をこちらにすいと押しやる。白くもちもちとしたパンのような蒸し饅頭。

私はお礼を言いながら、それを手に取った。

手に吸い付くような触感の生地。一口齧ると、ほんわりと甘く素朴な味が口の中に広がった。中華風蒸しパンみたいなもの、といえば通じるだろうか。これを春雨と白菜のスープと一緒に食べると、なお美味しい。ソースにも合いそうだ。

そんなことを思いながら、無言で食べているうちに。

ぽつんぽつんと、まるで今朝見た夢のように。私の頭には、映像が流れ込んできた。

——これは、記憶だ。私が『彩梅』じゃないときの。

『彩梅』じゃなく、『鈴蘭』だったときの。

あのときの私は、不幸に悩まされる『彩梅』より、もっとはるかに独りぼっちだった。

家族にすら口をきいてもらえず、存在そのものを認めてもらえなかった。

見放され、いなくなればいいと言われていた。

そんな私が、この場所で初めて、正面から話してくれる人を、一緒にご飯を食べてくれる人を得た。

――だからこそ、私、きっとずっと忘れないでしょう。初めて出会ったときの、この『神様』だという人のことを。

――これまでもこれからも、ずっと覚えていよう。何も言わずに側に居てくれる、この『神様』たちのことを。

最初はそう思うだけに、留めていた。留めていたのだけれど。

『鈴蘭』は、前世の私は。この人神さまに恋をしてしまったのだ。

――嫌だ、嫌だ、嫌だ。

私の頭の中に、夢の中で聞いた声が響く。

――あの人が、もし明日、死んでしまうのなら。私の命は……。

「彩梅?」

心配そうな声にはっと我に返ってみれば、神威さんは食べる手を止めてこちらを見ていた。

ああ、駄目だ。やっぱり神威さんはそっくりだ。記憶の中の『白露さま』に。前世の私が恋していた、人神さまに。口調だってそっくりそのままで。

見たら引き戻されてしまう。抱いてはいけない感情に、引き戻されてしまう。

前世は前世、今世は今世。嘉月さんだって言ってたじゃないか。「主にはもっとふさわしい人が」と。本当にその通り。おこがましいにも程があるのだ。

少し考えてみれば分かることなのだ。私には何も、取り柄がない。ましてや前世の私のような、美貌もない。

今ならまだ引き返せる。この思いが、取り返しのつかないことになってしまう前に。

「……いえ、何でもありません」

私はきゅっと口を引き結んだまま、笑って見せる。

「何でもないって顔じゃないな」

「いえ、ほんとになんでもないんですよ。あ、お皿片付けますね」

そう言って素早く立ち上がった瞬間。

『――まだ、まだか』

女の人の声が、またも頭の中に響く。

何度か聞いて、確信した。これは、恨みの念の籠もった声だ。

『――憎い、憎い。あいつが憎い……』

声を聞き取ろうとすればするほど、私の意識は地に落ちていく。

「彩梅、彩梅！」

ああ、神威さんが必死な声で呼んでる、答えなきゃ。

そう思うのに、体が動かなくて。

私の意識は、どぷんと闇の沼の中に沈んだ。


そしてその暗闇の中、私は夢を見て詳細に思い出す。

私であり、今の私じゃない、昔の自分のお話を。

◇◇◇◇◇

——これは、むかしむかしの物語。

とある村の『巫女』を輩出《はいしゅつ》する家系に、一人の女の子が生まれました。

健康に生まれましたが、一族は一様に浮かない顔をしておりました。

なぜならば、この女の子が生まれる直前、あるお告げがあったからです。

——これから生まれる巫女の子は、化物の類に愛される御子。不幸を呼び寄せ、その中に生きる者。だが命を外から絶てば、さらなる災いが引き起こされる——。

そのお告げが示した時期に生まれた子は、この子一人だけ。真珠のような白い肌を持つ子でしたが、家族はこの子に『鈴蘭』という花の名前をつけました。

見た目が綺麗でも、その中身は不幸を呼び寄せるという災いの子。

鈴蘭の、見た目が白く美しくとも、中には強烈な毒を持つ特性からつけられた名前でした。

殺すこともできず、彼女は最低限の生活を保障されました。

ただ、生かされるだけ。疎まれ、誰とも交流できず、少女はひたすら孤独でした。

たった一人の部屋を与えられ、会話も禁じられ。食事は木の実や果物を一日数個、与えてもらうのみ。外に出ることも許されず、出歩けるのは、監視の目が緩む夕刻から朝方にかけてだけでした。

夜に部屋を抜け出し、食糧を探して山々を静かに歩く。そんな生活を続け、十六歳になった頃のことでした。

鈴蘭は部屋の外での会話を聞いてしまったのです。

来月に予定されている、水神様への人身御供に自分が選ばれていること。自分はそこで、自ら、入水をしなければならないこと。

鈴蘭はそれを聞いた夜、ついに村から逃げ出しました。

恐ろしかったのです。自分が消えることを想像すると。

自分が苦しみながら死ななければならないと、想像すると。

皆の目の前で、「ああ、やっとあいつがいなくなる」「やっと荷が下りる」「厄介払いができる」という視線を浴びながら、入水をしなければならないと、想像すると。

そして、それを平然と相談する人々が、とてつもなく怖かったのです。どうせあいつには何を言っても理解できないと思われている、そのことも少女の恐怖を倍増させました。

生かされた恩はあります。食事と寝床は与えられ、最低限の生活を送れたことには感謝しています。でも、それでも打ち消せないほどに、少女の心は決まっていました。

――ここから出て、生き延びたい。

夜の監視と警備をくぐり抜けるのは、鈴蘭にとっては簡単で。いつも通り難なく山へと入っていけた鈴蘭は、その軽やかな体で歩き続けました。

あてもなく、歩き続けました。彷徨い続けました。

何日間も歩き続け、着る衣もボロボロになり、短かった髪も肩につくくらい長くなった頃――鈴蘭は、とある里にたどり着きます。

小高い山に、穏やかな海。岸には漁船が並び、漁業が盛んで活気づいている街でした。

しかし鈴蘭はにぎやかな海沿いではなく、山へふらりと足を向けました。

まるで、何かに導かれるように。

――娘さん、疲れているね。ちょっと寄っておいきなさい。

そう言いながら現れた、碧色の瞳を持つ茶色い毛並みの猫又にも、鈴蘭は驚きませんでした。彼女はあやかしの類を見慣れていたからです。

――あなたはいったい、どなたですか。

――十二支の猫の神。今はここの、土地神さ。

人の悪意に敏感だった鈴蘭は、彼に全くそれがないことが分かったため、ついていきました。

そうして辿り着いた、青宝神社へ足を踏み入れて。

――ようこそ、お参りくださいました。……翡翠、あとで説明を寄越せ。

誰よりも美しく、凛と立つ、憂い顔の麗人――初代人神の『白露』に、出会うことになったのです。

◇◇◇◇◇

「……おはよう」

「お、おはようございます」

次の日。起きたらいつの間にか自分の部屋に居た私は、部屋からそろりと廊下へ出た。するとそこで、浴衣に身を包んだ神威さんと鉢合わせした。

「……目、覚めたんだな。良かった」

ふっと眉尻を下げ、そう呟く神威さん。そういえば昨日、神威さんの前でご飯を食べてからの記憶がないのだけど、ひょっとして。

「あの、もしかして昨日、部屋まで運んでくれました？」

「ああ」

神威さんは言葉少なに頷く。なんと、目の前で気を失った私を、部屋まで運んでくれたとは。私は恥ずかしさと申し訳なさで、頭を抱えた。

「そ、それは大変ご迷惑を」

「別に、迷惑じゃない」

どこかぴしゃりとした口調の神威さんに、何と言ったらよいか分からず口をつぐむ。それ以上何も言わないけれど、立ち去りもしない神威さん。

私は私で、更に思い出した記憶に引きずられたまま、神威さんを前にどんな顔をしたらよいのか戸惑っていた。

「あ、あのう、昨日は」

話の転換を図って、私は左手の小指をぴっと神威さんの前に差し出す。まだ黒い蔦模様は消えていないけれど、小指から手の平の方へ若干伸びただけで、心臓まではまだありそうだ。

「『思い出のメニュー』、ありがとうございました。まさか前世の『思い出のメニュー』も作れるなんて、びっくりですね！」

あははと敢えて明るく笑い、お礼を言う私に、神威さんは眉を顰める。

「そりゃああれだな、今の懸念点が前世にあると、あんた自身が分かってるからな」

「な、なるほど！」

神威さんの力、本当にすごいな。

「おかげさまで、これで『神堕ち』との約束も……あれ？」

そこで私は、ふと気づく。何かが足りないのでは？

「あれ？」

「どうした」

真剣な声色になって、聞いてくる神威さん。私は私でパニックのあまり、頭が真っ白になっていた。

昔の記憶を思い出せば、神堕ちとのことも思い出すはずだと思っていたのに……。

「肝心な神堕ちとの記憶が、思い出せてなくて……ど、どうしよう」

このままでは、この小指の呪いが解けないということになる。雷火さんの狙いが完全に外れてしまった。

「……彩梅」

「お二人とも！　大変です！　しゅ、襲来です！」

何かを言いかけた神威さんの声に被せて、嘉月さんがドタバタと浴衣姿で駆けてくる。

「……何だ、嘉月」

不機嫌そうな声の神威さんに嘉月さんは一瞬怯《ひる》み、その場でたたらを踏んだ。

「あ、主？」

「おい！　早く来い！」

嘉月さんの後ろからまたドタドタと、今度は雷火さんがやってくる。

「なに硬直してんだお前ら、ほら行くぞ」

そう言うなり、雷火さんは私の右腕を引っ張ってぐいぐいと進み出した。

「あ、おい待て！」

神威さんの声が後ろから追いかけてくる。私は雷火さんに引きずられるまま、屋敷の玄関まで連れてこられる。

「あ、みんな来た？」

そこには浴衣姿の翡翠さんが、苦笑しながら立っていた。

彼は玄関の引き戸を中途半端に開けたまま、こちらを振り返る。嘉月さんが「襲来」と言っていた割に、落ち着いた顔だ。

そして、翡翠さんの向こう側には。

「あ、あの方こそが……！　見つけたぬん！　ひ、人神さまー！」

「僕らの、僕らの長老さまを、どうかどうか、お助けになってくれぬん！」

そう言いながら一斉に小さな手を合わせてくるのは――二本足で立つ、焦げ茶色の毛並みの動物たちだった。

見覚えのある動物だ。私はパニックになった頭の中で記憶を探り。

「か、カワウソ……？」

やっとのことで声を絞り出した。

フェレットのように長くほっそりした体に、水かきのついた短い四肢。ちょんとした小さく可愛らしい手。つぶらな黒い瞳に、ひくひくと動く小さな鼻。

その姿は愛らしく、まるでぬいぐるみのよう。

ざっと見た限り、十匹くらいの大所帯だけど……。

一気に弛緩した空気に、神威さんは額に手をやり。

「……何があったのか、まずはそれからだな」

そして深くため息を吐くのだった。

第四章　帰る場所

「……なんか、すごく微笑ましい光景ですね」

私は目の前の光景を見て、正直な感想を述べる。

つぶらな瞳に鼻をひくひくさせ、小さな手によく冷えた水の入ったお猪口《ちょこ》を持っている。それぞれちまちまとその水を飲むカワウソたちの姿は、癒《いや》しの光景だった。

十四いるカワウソは、屋敷の大広間の縁側にずらりと勢揃いで座っている。その座り方は人間じみていてシュールだったけれど、考えてみればミーアキャットだってこんな立ち方するしな……と、私は妙な納得の仕方で、目の前の可愛らしい客人たちを眺めていた。

「微笑ましいと安心するのは早計ですよ、彩梅さん」

私の隣に立つ嘉月さんは、ひそひそ声で喋りながら自分の眼鏡を押し上げた。

「彼らの正体、というかこれからなるモノのことですが……分かってます？」

「え、カワウソじゃないんですか？」

「ただのカワウソが喋る訳ないでしょうが」

それもそうだ。じゃあいったい何なのだろう？　その疑問に答えたのは翡翠さんだった。

「彩梅ちゃん、『カワウソ老いて河童《かっぱ》になる』って諺《ことわざ》、知ってる？」

「あの可愛い子たちが、河童になるんですか……⁉　あの緑色の？」

私は呆気に取られて翡翠さんを見る。

河童ってあの、緑色の体をしていて頭には皿があってキュウリが好物なやつで合ってるよね？　河童の造形を頭の中に思い浮かべ、私は改めて目の前の可愛らしいぬいぐるみのような集団を見る。にわかには信じられない。

「そうだな、言うなれば河童予備軍だ」

「か、河童予備軍……」

雷火さんの言いように絶句する私。

ちなみにこの可愛い河童予備軍、私や翡翠さんや嘉月さんが相談に同席しようとすると、「まずは人神さまに話したいぬん」ときらきらつぶらな瞳で突っぱねてきた。

か、可愛くない……。でもやっぱり見た目はとてつもなく可愛い。

私の感想はともかく、そんなこんなで神威さん以外の青宝神社メンバーは少し距離を置いて、彼らの話し合いの様子を窺っているのだった。

「それよりもさあ、彩梅ちゃん。まだ肝心なこと、思い出せてないんでしょ」

「うっ」

翡翠さんの言葉に、私の顔からさあっと血の気が引く。

昨日、前世を思い出すため、神威さんに『思い出のメニュー』を作ってもらったものの。思い出せたのは、私が前世で青宝神社に来た経緯と、初めて食べた温かい料理のことだけ。肝心なところが、なぜだか思い出せなかったのだ。

「神威もすごいイライラしてるし」

「え」

そっと神威さんの様子を見ると、来訪客たちの座るソファーの真横に立ち、カワウソたちから何かを訴えかけられている様子。イライラしているかどうかは私には分からないけど、翡翠さんが言うからにはそうなのだろう。

「うーん、やっぱりまだだなあ」

「はい？」

「いや、まだ君に残ってるんだよね。『負の気』」

負の気。翡翠さんはそれを感知することができて、それをもとにこのレストランへ、迷えるお客様を連れてくる。私もかつて、彼に二回も導いてもらった。幼少期と、つい数ヶ月前。

今回中華料理を振る舞われたのは、その三回目だったという訳だ。

「……じゃあ、やっぱりまだ思い出さないといけないことがあるんですね」

私は大きくため息を吐く。これ以上いったい、どうしろと。

「そういうことになるね。まあでも、原因は何となく分かるし、当てはあるよ」

「げ、原因分かるんですか？」

「うん。そもそもねえ、神堕ちとの契約ってのは一対一のものなのさ。そこに第三者は介入できない。何せ、『元』神様だからそこも性質《たち》が悪くてね……神でも契約に無理やり立ち入ることはできないのさ」

「そうなんですか……だから、神威さんの力でも呼び起こせなかったんですね」

私が俯きながら言うと、翡翠さんは「ま、昨日のもちゃんと意味はあったさ」と微笑んだ。

「そもそも、まずは自分のルーツから知らなきゃだからね。それにその小指の呪い……多分だけど、前の君と神威の、寿命にも関わってると思うし」

「じゅ、寿命？」

「初代人神様と奥方の、ですか？」

私の呟きに、嘉月さんの質問が重なる。翡翠さんは神妙な顔つきでこっくりと頷いた。

「ずっとおかしいと思ってたんだ。あまりに急に、同じタイミングで二人とも、若くして亡くなるなんて」

「え、私、そんな若い歳で死んでたんですか？」

「うん。鈴蘭の方は、ちょうど今の君と同じくらいの歳だった」

前世の自分の寿命を聞くなんて変な感じだけれど、それ以上に翡翠さんの回答が予想外で私は目を丸くする。

二十歳にもならずに亡くなったって、わ、若すぎる……。

「別に誰かに傷を負わされた様子もないし、持病も抱えてなかった。それなのに、どうしてだろうって」

どこか遠くを見つめながら、翡翠さんは語る。

そうか、翡翠さんはその時代からずっとずっと、生きているから。そこに私と神威さんがまた出会ったと考えると、改めて凄い巡り合わせだ。

「おい、ちょっといいか」

「うわあああ！」

後ろからポンと肩を叩かれ、私は飛び上がって声を上げる。ダメだ、また可愛くない声を上げてしまった。

「そんな驚くか？」

神威さんにちょっと引いた顔で呟かれ、私の心にダメージが加算される。雷火さんに引かれるのはそこまでショックではなかったけれど、神威さんに引かれるのは結構つらい。

「す、すみませんでした」

「……いや、こっちこそ悪い」

そして流れる少しの間。私はたらりと冷や汗を流しながら頭を上げる。今までどうやって喋っていたっけ。

「何かあったんですか？」

意を決して言葉を発すると、神威さんはひょいと後ろのカワウソたちの集団を手で指し示した。

「あのカワウソたちには今日の黄昏時に、改めて会うことにした。それよりも今はあんたの件の方が最優先だ」

「え、いやお客さんですよね、いいんですか？」

私がそう言った途端、しかめっ面をした神威さんの視線が返ってきた。本当だ、機嫌悪そう。

「ともかく、そもそもレストラン関連の案件は黄昏時にしかできないからな」

「ああ、なるほど」

何やらまたも神威さんからの鋭い一瞥が飛んでくる。

「……翡翠。お前、心当たりあるんだな？」

「お、流石だ。聞こえてたのね」

くるりと向き直る神威さんに、翡翠さんは頷いてみせる。

「心当たりはあるよ」

「分かった。それについてはまた話し合うとして」

そこで神威さんは私の方をまた振り返った。

「今日あんた、大学の講義は」

「きょ、今日は平日なので……普通にあります」

「よし、行ってこい。あとは俺たちで調べる」

それだけ言って、神威さんは屋敷の中へ踵《きびす》を返す。

「え、あの、ちょ」

私、当事者なんですけども。

「うん、彩梅ちゃんは大学行っといで。君が帰る頃までには目途付けとくよ」

「ひ、翡翠さんまで」

「悪いね。神威にも考える時間が必要なのさ」

「……分かりました」

そう言われてしまえば、引き下がるしかない。こうして私は爆弾を抱えたまま、大学に行くこととなったのだった。

◇◇◇◇◇

「ああ、なんで私こんなときに大学来てるんだろ……呪紋のこともカワウソ河童事件も解決してないのに……」

「そうだぞ、なんで俺まで。つーかお前な、あんま人前で呪紋だなんだ言うな。大声でホイホイ言うもんじゃねえぞ」

「す、すみません。気をつけます」

大学、三限の講義前。私の隣では、雷火さんが憮然《ぶぜん》とした表情で席に着いている。

「いやあのほんと、改めてすみません。大学の講義まで来ていただいてしまって」

「まったくだ。俺のこの若い見た目に感謝しろよ、お前ら」

「それは本当にそうですね」

私は頷きながら、改めて彼の服装をちらりと見る。黒いTシャツにジーンズという出で立ちの彼は、今回もごく普通に大学生の集団の中に溶け込んでいた。

「あの神社のやつらはよほどの心配性だな。俺に講義に潜り込ませるなんてよ」

むすりとしながら雷火さんが頭の後ろで腕を組む。

そう。大学のキャンパスは一般人立ち入り自由で、百人程度の大講義室での講義なら、部外者が入ってもまず分からない。それを逆手にとって、彼らは私の「お目付け役」として、雷火さんを送り込んだのだった。

「あら？　彩梅」

頭上から涼やかな声が降ってきて、私は顔を上げる。艶やかな黒髪のクールビューティーが、私をきょとんとした顔で見下ろしていた。

「トモ、彩梅こっちにいたわよ」

そう言いながら、澪が少し遠くにいたトモちゃんを手招きで呼び寄せる。

「澪、トモちゃん」

「よ、お疲れー。今日は彼氏もご一緒?」

「や、違うのよそれ。この人彼氏じゃないから」

私はふるふると首を振って否定。「なんか俺がフラれたみたいで癪に障るな」という隣からの呟きは無視して、私は二人に向き直った。

「それ、ほんと?」

澪が静かに首を傾げて私に問いを投げかける。質問の意図が分からなかった私は首を傾げた。

「ん? 何が?」

「その人が彼氏じゃないって」

「う、うん。本当」

私がなんとか雷火さん彼氏説を払拭《ふっしょく》しようとする横で、ニヤニヤしながら「どうだかなー」なんて言い始める雷火さん。私はその足をぎゅっと踏みつけた。

「ってえな！」

「実際違うんだから否定してくださいよ。何もったいぶってんですか」

「分かった分かった、だからやめろ！」

私のプレッシャーに音《ね》を上げる雷火さん。私はよしよしと頷いて、自分の足を彼の足の上からどけた。

「そう、俺は彼氏じゃ……ないっす」

私の鋭い一瞥に肩を竦めて雷火さんが認めると、澪の肩が軽く下に下がった。

「そっかあ、よかったあ」

珍しくそのクールな顔に、澪は笑みを浮かべた。

「ま、何にせよ近くの二人席が空いてないから、一緒に座るのはまた次だな」

「そうね。お疲れ」

トモちゃんの言葉に頷き、手を振ってくる二人へ手を振り返しながら、私はちらりと雷火さんに目を遣る。ちょうど雷火さんも二人を見送っている。

「今『よかった』って言ったけど、まさか澪、雷火さん狙いだったりしないよね……？」

もしそうだったらどうしよう。雷火さんは半分神様なんですなんて、言える訳がない。

「お、何だ？　俺が取られるかもって嫉妬《しっと》してんのか？」

「いいえ、それは全く。むしろ澪が取られる方が嫌ですね」

「お前ほんと、旦那以外には容赦ねえな……」

「旦那って言わないでくださいよ、今それで気まずいんですから！」

ああ、不安なことは多いけれど。でもこうして雷火さんと小学生みたいな言い合いをしていると、気が紛れるのも事実だった。

こんなこと本人に言ったら間違いなく得意げになるから絶対に言わないけれど、私はここに雷火さんが居てくれることに、心の底から感謝した。

◇◇◇◇◇

『授業が終わったら、二人で千光寺公園に来てくれない？』

講義終了後、私は翡翠さんから来たメールを見て、雷火さんと千光寺公園に向かった。

神威さん、嘉月さんも来ていて、合流したのはこの前雷火さんと巡ったばかりの、『文学のこみち』の近く。

――海が見えた。海が見える。五年振りに見る尾道の海はなつかしい。

この尾道で少女時代を過ごした小説家が、自身の小説の中に残した言葉だ。

この前雷火さんと巡った『文学のこみち』の石碑にも刻まれているこの文は、実際に尾道の坂道を下っていると、私にとっても本当にその通りだと思う。心から、実感を持って懐かしいと感じられる。

「んー、気持ちいい！」

私はそう言いながら目を細め、手を頭の上にかざした。

先ほど大学に居たときは雨だったけれど、いつの間にやら雨は上がっていて。今は梅雨の合間の、晴れ間だ。抜けるような青い空に、白い綿菓子のような雲が点々とある。そして春よりも強く照り付ける、まぶしい太陽。

目をやや下に向ければ、石畳の坂道や階段と家々が連なった景色の向こう側に、太陽の光をきらきら反射させる尾道水道と、海が見える。山と海と街が一挙に視界に入ってきて、景色の中にどこまでも溶け込んでいけるような、そんな感覚を体験できる。

その海を見ながら坂道を下り、階段を下り。私たちは翡翠さんを先頭に今、尾道の斜面を下へ下へと歩いていった。

尾道の細い路地は面白くて、辿っていくうちに思いもよらぬ場所に出る。いきなり意外な建物やお店が現れたり、大きな寺院の裏手に行き着いたりするのだ。毎回街の違う顔を発見した気分になれて、飽きることがない。

「尾道はさ、歴史と文化が積み上がって残ってるんだよね」

てくてくと私の前を歩きながら、翡翠さんがぽつりと言う。

今日の彼の服装は『だいぶ歩くから』という理由で久しぶりに人間の若者の私服だった。焦げ茶色のだぼっとした半袖パーカーに黒いズボン姿の彼は、神社に居るときよりもやや幼く見える。実際はこのメンバーの中で一番年長者なのだけれど。

「しかも、路地と坂道が複雑に入り組んでるでしょ。初めて来る人はきっと相当迷うだろうね」

「た、確かに」

迷った人は実際ここにいる。引っ越してきた頃の私だ。

この辺りの路地や坂道は、もはや迷路のような状態だ。でも、その迷路を抜けた先には魅力的な風景や寺社やお店がある。本当に、人を惹きつける街だと思う。

「別世界に入ったみたいな感覚になれるところ——そして、階段という『空間を区切るもの』が多くある場所。だからこそ、ここは『カクリヨ』とリンクしやすい場所でもあるのさ」

『カクリヨ』は、『隠世』と書くらしい。永久に変わらない神域、常世《とこよ》ともいうそうだ。

「んで、僕たちが調べた結果、どうやら君が契約した神堕ちはそこにいそうなんだよね。あとちょうどいいことに、今朝がた来たあのカワウソくんたちとその長老さまも」

翡翠さん曰《いわ》く、隠世には人々から忘れ去られた——もしくは忘れ去られかけているあやかしや神が、多く住んでいるのだという。

日本は八百万《やおよろず》の神のおわす国。それはよく言われることだし、実際そうらしい。そして、神様だけでなく、あやかしたちもたくさんいて。それは人間が現れる前から、いたのかもしれないけれど。

「まあ、実際いたんだけどね、人が現れる前から。でも人間っていうのは不思議なもんでさ」

翡翠さんはそう言って階段の踊り場で足を止め、にこやかな微笑みをたたえて振り返った。

「人間が現れてから、世界の均衡が少し変わったんだ」

翡翠さんは尾道の街の向こうに広がる海に目をやりながらそう続ける。

「何せ今までの中で、環境に、世界に与える影響が一番大きい存在だ。彼らが目撃したもの、体験したもの、信じるもの……それが僕らに大きな影響を与えるようになった」

「え、影響」

「そうですね、確かに影響と言ってもいいかもしれません」

そう言いながら嘉月さんが階段を降り切り、踊り場にいる翡翠さんの隣に立った。

「僕は八咫烏、翡翠くんは猫の神。どうして僕らが存在できているのかと言えば、人がまだその存在を知ってくれているからです」

「……？」

どういうことだと思いかけてから、私は白寿が言っていたことを思い出す。

『儂は九十九神――付喪神。人から大切にされてきたモノに、宿る神。つまり、人から存在を忘れ去られたその神は、もう存在を保つことができん。存在を知られなければ、大切にしてもらえることもないのだから』

知らなければ、居ないのと同じ。そういう神なのだと、彼は言っていたけれど。

「突き詰めれば白寿と同じじってことだ。知る人間が居なくなれば、存在しなくなったのと同じ。逆に、人間が現れる前から『居た』神やあやかしの一部は、人間が世界に現れたことで居なくなったらしいよ」

知る人間が居なくなれば。信じる者が居なくなれば。その存在は、消えてしまう。

「逆に、人が想像から新しく信じるようになったものとか、諸説から新しく生まれたものとかも居るけど」

彼らからすれば、たまったものじゃないかもしれないね、と翡翠さんは呟いた。

「人間が想像して、そうして生まれて。かと思えば勝手に忘れ去られて、存在が消えてしまうんだから。振り回される方からすれば、ね」

そう語る翡翠さんは、どこか厳《おごそ》かな雰囲気を醸し出していて。飄々とした笑顔も、このときばかりは人智を超えたものであるように見えた。

やっぱり翡翠さんは、『神様』なのだ。

「ちなみに僕がここに居るのは、一番力が使えるようになる場所だからってのもあるよ。なんでか分かる？」

私が翡翠さんたちの居る踊り場まで降り切ると、ぱちんと綺麗なウインクをして、彼はいつも通りの笑顔に戻る。問いを投げかけられた私は、今の文脈から結論を捻り出した。

「尾道は猫がたくさん居るから、とかですか？」

言いながら「そんな安直な」と自分でも突っ込んでしまった。

「そう、大正解！」

あ、正解なのかこれ。私は階段の周りをちらりと見渡す。何匹かの猫が、屋根の上に香箱座り《こうばこずわ》でうつらうつらしていたり、毛づくろいをしていたりするのが見て取れる。風光明媚《ふうこうめいび》で、たくさんの猫が思い思いのときを過ごしている、この尾道。猫をじっと見ていると、何でも知っていそうなビー玉のような透き通った目で、自分が見透かされているような気分になる。この寺社の多い尾道にそんな猫がたくさん暮らしているのだから、そのおかげで力がよく使えるというのは、確かに説得力があった。

「僕の場合、存在し続けていられるのは単に有名なあやかしだからですね。八咫烏は色々な物語に出てきますから」

嘉月さんの台詞にも納得だ。八咫烏は今日耳にする色んな神話にも、伝説にも出てくるモノだ。それこそ由緒正しいあやかしと言ってもいいかもしれない。

「主は……人神でも同じようなものなんですか？」

嘉月さんが、ずっと黙ってついてきていた神威さんに問いかける。

「俺はもう家族ぐるみの話だしな。……初代が翡翠と出会って、契約を交わしたときからもう『人神』は存在してる」

神威さんが、じっとこちらを見ながら言う。気まずくなった私は「な、なるほどです」と言いながら思わず目を逸らしてしまった。正面から見つめられるのはなかなかに心臓に悪いのだ。せめてもうちょっと距離が欲しい。

「俺の場合、『龍』の神話ってのが多いからな。信じてくれる人間も多い」

私と神威さんの間にずいと割り込む雷火さん。それに神威さんが嫌そうな視線を送り、なぜか始まってしまった彼らの睨み合いをよそに、「という訳で」と翡翠さんがぱんと手を打った。

「ま、それで僕らはこの世界——隠世とは違う表の世界に居られる訳なんだけど。忘れられてしまった神やあやかしの中には、居場所を求めて隠世へ行くものもいる。まあ、あのカワウソくんたちの長老もその一人なんだろうね」

『お願いです、人神さま、人神さまのお仲間の皆様。どうかどうか、我らの長老さまを、お助けくださいぬん』

今朝、カワウソたちは口々にそう言っていた。

どうやら彼らの長老さまである河童が、日に日に弱っていっているらしい。そんな長老さまに、何かできることがないかと皆で聞いたところ、こう言われたという。

『青宝神社という神社にいる人神が、失くした記憶を思い出させてくれる料理を作れると聞いた。そいつに会いたい』。

そうしてカワウソたちは人神を連れてくると長老さまと約束し、屋敷に突撃してきたのだという。

「もちろん僕だって、考えなしに彼らを招き入れたんじゃないよ？　前々からどうしようかとは思ってたんだ。河童の長老、もう自力じゃあのレストランまで来られないからね。悩んでるうちに若い衆が来ちゃったけど」

むうと頬を膨らませ、翡翠さんは憮然とした表情で言い足した。

「てな訳で、もうこっちから向かおうと思いまして」

「隠世に行くのは久しぶりだな」

「悪いが俺は遠慮しとくぜ。神堕ちに直接会いたくねえ」

神威さんの言葉に被せるように、雷火さんがぶるりと身を震わせた。そういえばこの前も喫茶店で「もう神堕ちと関わるのはやめにしたかった」とか言ってたし、何か嫌なことでもあったのかな。

「あらま。そりゃまたどうして？」

私の疑問をちょうど代弁するようなタイミングで、翡翠さんがきょとんと首を傾げる。

「昔な……ちょっと神堕ち関連で嫌なことがあって、トラウマがな」

どこか遠い目をし、小さな声でそう言う雷火さん。「詳しいことは聞かんでくれ、思い出したくもない」と頭を抱え始めた彼の背中を、翡翠さんが「分かった分かった」と言いながらさする。

「うう……改めて、面倒ごとを持ち込んですみません」

「だから、あんたのせいじゃないっての」

雷火さんに嫌なことを思い出させてしまったと謝る私の肩に向けて、神威さんの右手からチョップが繰り出される。そして彼は、背中を丸めてうなだれる雷火さんに「おい」と声をかけた。

「別にいいぞ、お前がいなくても誰も困らない。ゆっくり休め」

ほれほれ帰った、と雷火さんに向けて手で追い払う仕草をする神威さん。途端に雷火さんは顔を上げ、キッと神威さんを睨んだ。

「人神お前、俺にだけ当たり強くねえか？」

「気のせいじゃないか？」

言い合いが始まった神威さんと雷火さんを一瞥してため息をつき、嘉月さんが私の方へくるりと向く。

「まあ、そういう訳で、雷火さんのことはいいとして。彩梅さんは、隠世に行くのは初めてですよね？」

「はい。あの、一点お伺いしたいことが」

私は恐る恐る、手を挙げる。

「私みたいなただの人間って、行っても大丈夫なんですか？」

四人分のきょとんとした視線を浴びて、私は自信なくゆるゆると手を下ろした。変な質問だったのかな、これ。神様とあやかしの常識は難しい。

「そうですねえ……というかあなた」

嘉月さんはいつもの呆れ顔で私を見た。

「そのまま行ったら、取って食われるんじゃないかと心配してるでしょう」

ぎくり。図星を指され、私は固まる。

いやもちろん、この方々が前触れもなく危険なことをする訳がないと知ってはいるけれど。念のため知りたかったのだ。

だって物語にはよくあるじゃないか。あやかしや神様が住む特別な世界があって、そこに入り込んだ人間は食われたり襲われたりするから、顔を隠したり、人間の匂いがしなくなる術をかけてもらったりしなければならない……みたいな展開が。

「食いやしねえよ。そもそも実際のあやかしは、人を殺すほどの力なんて持ってねえし。

安心して行ってこい」

　雷火さんの言葉に、私はそう言えばと思い出す。

　前に雨童も似たようなことを言っていたのだ。騒ぎを起こす力はあっても、人の命を左右するまでの力はないと。

「普通の人間はそもそも隠世に来ないので、まあ不審がられはしますが」

「怪しがられはするんですね」

　でも確かにそうだろうな、と思う。翡翠さんたちの話では、その世界にはこの世界に居場所のなくなった神やあやかしが居るというのだから。彼らからすれば、「今更人間が何の用だ」と思うかもしれない。たとえ命を左右されなくても、神やあやかしの恨みを買うのは怖い。

　でも、ここには青宝神社の人たちが居るから。きっと大丈夫だ。

「大丈夫だ、俺たちと一緒に行くから」

『きっと大丈夫』と思ったところで隣の人神さまがぼそりとそう言い、私は思わず顔を上げて神威さんをまじまじと見る。

「……なんだ」

「いえ」

　何というタイミングの良さ。私は思わず笑みを漏らしてしまった。

「そうですね、安心です」

そう言って改めて笑ってみせると、神威さんはもうそっぽを向いた後だった。何とまあ。恥ずかしいので私はスンと真顔に戻る。そして目を上げたところで、どこか哀れむような視線の翡翠さんと目が合った。

「はいはい、お二人さん。気まずいのは分かるけどね」

「……」

　流れる沈黙。ちらりと神威さんを見遣ると、彼は無表情で腕組みをしたままだった。最近は彼の表情が分かるようになってきたかも、なんて調子に乗っていた私だけれど、思い上がりだということがよく分かった。

　彼が何を考えているのか、全然分からない。いや、そもそも他の人間の考えていることが分かるなんて、そんなことありはしないのだけど。

　でも翡翠さんの言葉を否定もしないということは、神威さんも気まずいんだな……。

「痛みは？」

「ひゃい？」

　ぼんやりしていたら隣からひょいと顔を覗き込まれ、素《す》っ頓狂《とんきょう》な声がまろび出た。慌てて口を引き結ぶも、意外と至近距離に神威さんの顔があって思わず一歩後ずさる。

「左手のことだ」

手振りで「見せろ」と言われ、私は慌てて小指を覆っていた黒いカーディガンの袖を捲る。神威さんはひょいと私の腕を取って呪紋を観察し、ほっとため息をついた。

「広がってはいないか……痛みは？」

再度痛みの有無を聞いてくる神威さん。私は動揺しながらぶんぶんと首を振る。

「だ、大丈夫です。まだ二日くらいしか経ってないですし」

私は神威さんの手から腕を引き抜き、大きく振って見せた。

「大丈夫じゃないだろう……」

「神威が焦るのもよーく分かる。だからこれから、それもあって隠世に行くんだって。そこに神堕ちもいるからね」

ぽんと神威さんと私の肩に手を置き、翡翠さんがうんうんと一人で頷く。神威さんは苦虫を噛み潰したような表情で押し黙った。

「ちなみに僕調べたんだけど、多分、彩梅ちゃんと契約したのは『御夜』って神堕ちだ」

「え、名前分かったんですか？」

「うん。寿命を操作できる神は、そうそういないからね」

寿命を、操作できる？　どういうことだろう。

「という訳で、さっそく行きましょうか。神威、彩梅ちゃん連れてってくれる？」

「分かった」

翡翠さんの言葉を解釈するのに必死なあまり、注意力不足だった私。右手が軽く握られたのを感じ、私の意識はそちらへ吸い寄せられた。

「どこか一部に触れてないと、隠世に連れて行けない」

神威さんの説明に、無駄に意識してしまってすみませんという気持ちになった。ああ、穴があったら入りたい……！

「おーい、そういうのいいから早く行ってこい」

「言われなくてもすぐ行くっての」

雷火さんの呆れたような声に、神威さんがため息交じりに言葉を返し、「それじゃ」と私の方へ顔を向けた。

「さっき下ってきた石段を、まずは三段上がる」

「は、はい」

手を握ったままの神威さんの指示に従い、私は彼と同時に石畳の階段を三段上がった。

「で、次はここからまだ二段下る」

そして階段を二段戻り。

「次は二段上がって」

また同じ階段を二段上り。

「ここから三段下る」

待って、これって結局元居た場所に戻るだけでは？

元居た場所というのは、石造りの階段の間の踊り場のことだ。そこで翡翠さんと嘉月さんがこちらをじっと見守っていて、私は神威さんに言われた通りにまた三段下り――。

「お、そんじゃ行ってら。留守は俺に任せとけ」

「あれ？」

こちらに向かって手を振る雷火さんの姿がぼやけたかと思うと、ぐんにゃりと、どこかめまいのような感覚が私の全身を襲う。唯一変わらずにあった感覚は、右手を握る神威さんの手だけだった。

何とか足に力をこめ、ふらつく頭を上げる。すると、意外な光景が目に飛び込んできた。

「こ、ここ」

「隠世だ」

予想外の目の前の景色に、先ほどまで神威さんに感じていた気まずさが引っ込む。私は思わず突っ込んでしまった。

「え？　ここ、尾道ですよね？」

そう。隠世やら、居場所がなくなった神様やあやかしたちが避難してくるやら言われていたから、見たこともない平安京的な風景でも広がっているのだろうか……なんて戦々恐々としていたものの。

小高くなだらかな斜面の山と海に囲まれ、小さな空間に箱庭のように広がる街並み。迷路のように入り組む細い石畳の坂道。そして海は陽の光をじんわりと反射して波をきらめかせている……どこか懐かしい風景。

つまり、さっきまで私たちが居たのと同じところに、私は立っていた。

違っているのは空の色くらいだろうか。いや、もっと正確に言うと、時間帯が違う。

「朝……？」

私はぼんやりと呟いた。先ほどまで私たちは確かに夕暮れの中に居た。空はほんのりろうそくの灯のようにオレンジ色で、『黄昏時』で。

でも今は、それとも少し違うグラデーションの様相を呈していた。起き抜けの朝のような、ひんやり涼しいラムネ瓶の底のような、透き通った水色の朝空だ。

「――ぬばたまの　夜は明けぬらし　玉の浦に　あさりする鶴　鳴き渡るなり、ってな。隠世の空の色は常に朝の空だ」

「そう。人間の世界じゃ、あやかしたちが苦手としていた時間帯。人間の世界と違って、ここならいくらでも自由に、今まで動けなかった朝の中を動けるって訳」

神威さんの言葉を引き取って、嘉月さんと一緒にふっと現れた翡翠さんが言った。

「皆様、いらっしゃいぬん。ようこそ、隠世へ」

じんわりとほの明るい、朝の色。そんな世界の中で。

『彼ら』はずらりと、そこに現れた。小さなつぶらな瞳を、瞬かせながら。

◇◇◇◇◇

私たちを出迎え、カワウソたちはぞろぞろと列をなして隠世の尾道を歩いて行く。それについて行きながら周りをそっと観察すると、確かにここは先ほどまで居た場所とは違うということがよく分かった。

ところどころが少しずつ、違うのだ。家があるべきところに、あるはずのない池や川があったり。道端に祠《ほこら》が増えていたり。家もよくよく見ると、尾道で見かける日本家屋とは違った、複雑な造りの不思議な家だったりする。

そして一番違うのは、人間がいないことだった。先ほどからすれ違う者は皆、人間ではない。

頭から角が生えていたり、背中に翼を持っていたり、はたまた何かの動物だったり、そういう異形の者たちだ。でも彼らは、集団で歩く私たちを物珍しそうに、もしくは訝しげに見てくるだけで、こちらを妨害することも襲ってくることも一切なかった。

カワウソたちなんて、朗らかな声で道すがらに『こんにちぬん』なんて挨拶をして、相手からも笑顔で挨拶を返されたりしている。か、かわいい……。

ゆったりとした、穏やかな時間の流れる世界。それが隠世に感じた第一印象だった。

「あ、あの、カワウソさん」

「何だぬん、人間」

私がしんがりを務めているカワウソくんに話しかけると、その子はちんまりと首を傾げ、コロコロとした可愛らしい声で返事をしてくれた。

『人間』って言われた。いや人間だけども！　と思ったところで、私も彼ら彼女らの名前を知らないのでおあいこだった。何なら今、カワウソさんって呼んじゃったし。

「カワウソさんたちもここに住んでるんですか？」

「そうだぬん。人間はもう僕らが河童になることを忘れて、信じなくなってきているぬん。だからだんだん、人間の世界での居場所がなくなってきたぬん……」

私は思わず言葉に詰まった。

カワウソ老いて河童になる。お恥ずかしながら、私も今朝嘉月さんたちに聞いて初めて、その伝承を知ったばかり。

河童だけなら、人間の間では有名だ。色んな物語に出てくるし、ＣＭや生活雑貨、マスコットキャラクターでは、緑の可愛らしい妖怪として描かれることも珍しくない。

だけれど、私のように伝承を知らない人は多いだろう。

伝承を知ろうとすることは、その存在を認識して理解を深めようとすることの証だ。私は自分の見識の狭さに、深く恥じ入った。

「僕、ここに人間が来るの初めて見たぬん。珍しい人間もいるものだぬん」

何と言ったらいいかと私が思案している間に、カワウソくんはそう発言した。『人間』のところで私と神威さんを指し示しながら、小さな足でとことこと歩を進める。

「初めて？」

「そうだぬん。何なら僕、人間とお話しするの初めてだぬん」

カワウソくんはそわそわとした様子で、つぶらな瞳で私を見上げながらそう教えてくれた。

「人間、怖くないのもいるのが分かったぬん」

「あ、ありがとうございます？」

なんと、私は彼にとって会話を交わした人間第一号だったらしい。それが特に何も取り柄もない平凡人間の（というかむしろ不幸体質人間の）私で申し訳ないと思いつつ、こちらを見上げるカワウソくんに釘付けになってしまう。彼ははにかみながらこちらをちらちらと窺いつつ、てこてこと歩く。

うう、やっぱりかわ……。

「彩梅」

可愛さに吸い寄せられていた私は、誰かに右腕をやんわり掴まれた。

「転ぶぞ」

「す、すみません」

言われて地面を見てみれば、石畳が広がるばかり。どこか溝にでも足が引っかかるところだったのだろうか。

「大丈夫かぬん、人神さまと人間……人間って何もないところで転ぶんだぬん？」

カワウソくんの口から、心配されてるんだか呆れられてるんだか、あるいは馬鹿にされてるんだか、よく分からない言葉が出てきた。でも可愛いからもうなんでもいいや。あと、それより。

私はさっきから引っかかっていたことを、腕を掴まれたまま神威さんに聞いてみる。

「神威さん、隠世に来るのが『久しぶり』って言ってましたけど……来たことあったんですね」

「数回な。カワウソや河童たちに会ったのは初めてだ」

そう言いながら、神威さんは何かを考え込んでいるかのようだった。先ほどから彼は何やら上の空で、私は切り出すタイミングを逃していた。

色々聞きたいことはあるのだけれど、とりあえず。

腕、掴まれたままなんだよな……。どうしよう、これ。正直身動きが取りづらいし切り出しづらい。

とりあえず神威さんにはそれ以上何も聞けず、私はさっきのカワウソくんに向き直った。

「あなたたちの長老さまって、どんな方なんですか？」

「んー、会ってみれば分かるぬん」

そりゃそうだ。どうやら説明放棄された模様だった。

「僕も喋ったことないんだよねえ。というか対面で会ったことないし」

背後から聞こえてきた翡翠さんの声に、私たちはぐるりと振り返る。

「おや、翡翠くんもお会いしたことないんですか？」

「うん。前に見かけたことはあるけど、一方的に知ってるだけかな。そもそも件《くだん》の河童の長老さま、元々居た場所はこっからはるかに遠いからね。僕のことを知らなくても無理ないかも」

「ほう……まあこの地は守られていて、あやかしや神々にとっても居心地がいいですからね。遠方からわざわざ来て居着くのも分かります」

翡翠さんと嘉月さんの会話に、私はついていけずぽかんとしていた。守られているとか居心地がいいとか、何の話なんだ。

「何がなんだか分からないって顔してますね、彩梅さん」

はあ、とため息をつきながら嘉月さんは口を開く。

「千光寺の宝玉の話はご存知でしょう？」

「はい」

　ご存知も何も、翡翠さんと神威さんの先祖——もとい、神威さんの前世『白露』の出会いにも関わる、とても大切なお話だ。忘れられるはずがない。

　むかしむかし、千光寺の烏帽子岩のてっぺんには、はるか彼方からでも見える、光る宝玉があったという。けれどその宝玉は、異国の皇帝の家来たちが奪い去ろうとした結果、誤って深い深い海に落としてしまったとされている。

「その宝玉ですがね、完全に消えてしまった訳ではないのです」

「え、そうなんですか？」

　てっきり消えたものかと思っていた。

「『失くす』と『消える』は、表面上同じように見えるけれども、全然違う現象ですよ」

　こんなことも分からないなんて嘆かわしい、とでも言うような調子でやれやれと頭を振られてしまった。

「ま、失くなったけど消えてない、つまりどこかにはあるってことでね。普段の失くしものもそうでしょ？　本人は失くしたと思っても、その現物はどこか別の場所にはあるんだから」

　な、なるほど。その理屈で行けば、宝玉は海の底に沈んだまま、どこかにあるという話になる。

「この宝玉の場合、海の底にはあってもその力は残っているってこと。その『宝玉』のおかげで、尾道は他の地よりも守護の力が強くて、様々な者が共存できるようになってるのさ――裏の世界である、この『隠世』なんて特にね」

そういうことか。海に沈んでもなお、この地を守る力を持つ宝玉――つくづくすごいモノだったんだ。失くなる前は、どんなに霊験《れいげん》あらたかなものだっただろう。

「そうだぬん。僕らがこの地で平和に暮らせるのも、その『宝玉』のおかげだと聞いたぬん」

こくこくと頷きながら、カワウソくんが言葉を発する。そして彼は私の服の裾を引っ張り、いつの間にか目の前に広がっていた、森を指さした。その方向へ、彼の仲間たちはひょいひょいと足取り軽く入っていく。

「この先にある川に、長老さまと僕らは暮らしているぬん」

導かれるまま、鬱蒼《うっそう》とした木々が生い茂る森の中に私たちは踏み込む。

樹齢の長そうな、長く太い根を地面に這わせる巨木が立ち並び、そのどれもが新緑のまぶしさをたたえる葉に覆われていた。地面には鮮やかな緑の苔《こけ》がふかふかと生えている。少し湿っているのか、歩いているとしっとりとした質感だ。

カワウソくんは私の服の裾を握ったまま、てちてちと歩く。そうして私たち一行は、とある澄んだ川の前に到着した。

「『長老さま、長老さま。人神さまご一行を連れてまいりましたぬん』」

カワウソたちが、川に向かって呼びかける。私たちが固唾を呑んできらきらと輝く水面を見守っていると、川の底が揺れ、やがてざばりと音を立てて水しぶきが上がった。

「……本当に、連れてくるとは」

そう言いながらゆったりとした動きで川の中から現れたのは、それはそれは立派な河童だった。

体は森のように深い緑、頭頂部にはまあるく平たいお皿。短い嘴に、背中には亀のような甲羅《こうら》。そして手足には水かき。体格は人間の子供くらいだけれど、その風格は堂々たるものだった。『長老』と呼ばれているのも大いに頷ける。

本物を見たことのなかった私ですら納得の、見事な河童のビジュアル。私はちらりと、すぐ傍にいるカワウソたちを見る。この子たちも長い間生きていたら、いつかはこんな堂々たる河童になるのか……。

「人神さま、そして猫神さまのご一行さま。ようこそはるばるお越しくださった。我が弟子たちが押しかけてすまなんだ」

「おや、僕らのことをご存知で？」

翡翠さんが前に進み出て、首を傾げてにっこりと問う。河童は「おお、猫神さまよ」と言って微笑んだ。

「お前さんらのことは、よお噂に聞いておった」

「それは、恐縮です」

私の隣で神威さんが言い、河童の長老に向かって頭を下げる。河童は目を細くして神威さんにお辞儀を返した。礼儀正しい長老さまだ。

おっとりとした口調に物腰柔らかな振る舞い、そして穏やかな雰囲気と、いかにも好々爺《こうこうや》といった感じの河童だった。うん、あの素直そうじゃないカワウソたちが懐いて敬っているのもよく分かる。

実際、長老さまが姿を現すと、彼らは大人しくなって、ちょこんと長老さまの周りに控えている。河童のおじいちゃんを恭《うやうや》しく囲むカワウソたちといった構図だ。

「お初にお目にかかります。今日は出張で参りました」

そう言いながら嘉月さんが『白紙のメニュー表』を取り出し、長老さまの前に流麗な動作で差し出す。

「ご要望の『思い出の料理』を我が主が作りますので、その前にこれをお手に」

「おお、八咫烏の若人よ。わざわざすまんな、どれどれ」

長老さまは、ひょいと嘉月さんの手から革表紙のメニュー表を受け取って開く。私はそこで思わず「あっ」と言いそうになってしまった。嘉月さん、あの説明してない！

「――ああ、なるほど。この冊子は確か、料理とその記憶を読み取るためのものじゃったな」

　あれ？

「おや、そこまでご存知で。その通りでございます」

　恭しく頭を下げ、手渡されたメニュー表をすっと受け取る嘉月さん。私は彼の声にはっと我に返った。駄目だ、ぼうっとしていたらまた嘉月さんに呆れられてしまう。

「では主、これを」

　嘉月さんが静かにこちらへ向かって歩み寄り、神威さんへそのメニュー表を手渡す。神威さんは空いている方の右手でそれをゆっくり受け取る。その際、嘉月さんは一瞬神威さんに掴まれたままの私の右腕を見てフンと鼻を鳴らし、私を一瞥した。

　待って、今のはなんの一瞥？

　そう思っていたら、ふっと右腕が軽くなった。神威さんが手を離したのだ。

「ああ、なるほどな」

　神威さんが額に左手を当て、メニュー表を見ながら言った。そしてややあってからぱたんと閉じ、「嘉月、いつも悪いが頼まれてくれるか」と嘉月さんを呼ぶ。

「はい主、何なりと。今日は何をご要望で？」

　にこりと笑って頭を下げる嘉月さんに、神威さんは懐から取り出したメモ帳に何かを書きつけて渡した。書くのに躊躇いはなかったので、無事何の料理を作ったらよいかはすぐ分かったらしい。

「承知いたしました。主は一旦レストランにお戻りで？」

「そうだな。すぐに準備に取りかかろう」

そうしっかりと頷くと、神威さんは河童の長老に向き直った。

「河童の長老さま。料理を作ってまた出直します。しばしお待ちいただけますか」

「なんの、いくらでも待つさ」

河童の長老さまは、川の流れの中にぷかりぷかりと身を置いて微笑んだ。

「悪いが、頼んだぞ」という彼の言葉を背に、私たちは一度、レストランに戻ったのだった。

◇◇◇◇◇

何かがおかしい、何かが引っかかる。

私の中の直感がそう告げている。何かが思い出せそうで思い出せないときの、胸のつかえのようなもやもやした感覚が、表の世界に戻った辺りからずっとあった。

神威さんと一緒に料理を作る間にも感じていたものの、誰にも言い出すことができなかった。

「どうした」

森の中でふと歩みを止め、神威さんがこちらを覗き込みつつ聞いてくる。私はびくっと後ずさる。

「い、いえ、なんでもありません」

「……そうか」

神威さんはそれ以上特に追及せず、隠世の森の土をじゃくりと踏んだ。

私たちは、神威さんが河童の長老さまから読み取った記憶をもとに作った『料理』を携え、数時間後、また隠世に戻ってきていた。

「おお、早かったな」

「特別製なもので」

神威さんはそう言い、持ってきた風呂敷の中から朱塗りの箱を取り出す。

河童の長老さまは川から上がり、先ほどまで一緒に談笑していたカワウソたちと一緒に、しずしずとその箱の前まで進み出た。

「開けてみてください」

そう神威さんに促され、長老さまはゆっくりと箱の蓋を開け――そして、目を見開いた。

「どうぞ、これを」

翡翠さんがにこりと笑い、長老さまを促す。それもそのはず、今回の料理には特に翡翠さんの協力が光っている。翡翠さんの得意料理はお菓子系。今回はまさしく、そういうメニューだったのだ。

涼しげで、さっぱりとした「わらび餅」。ほんのり黒く透明に光るわらび餅に、香ばしい深煎りのきな粉がふんだんにまぶされた一品だった。

長老さまが器用に箸で持ち上げると、もっちりとした弾力を持ったわらび餅がぷるんと身を震わせる。

それを一口ぱくりと食べ、河童の長老はゆっくりと目を閉じた。

「――ああ、ああ、これじゃ。あの子が持ってきた、あの菓子は」

そう言って、彼は懐かしそうに思い出を語り出すのだった。

◇◇◇◇◇

儂がこの隠世に来る前に、暮らしていた池。あそこはのう、儂だけの池ではなかったんじゃ。

それまでは儂一人きりだったのじゃがな。

儂がまだ、この若い衆のようにカワウソの姿であったとき。儂は群れから孤立し、独りで池に棲んでおった。

生きる者はの、他の存在と共にいる自分を感じて初めて、生きている実感を得るんじゃ。儂は生きる場所はあったが、誰と接することもなく、死んでいたも同然じゃった。

——あの人間に、あの娘に会うまでは。

あるとき、池のほとりに娘が訪れるようになった。じゃがそいつはなんもせんと、ただ池を眺めていたのさ。ずうっとな。

儂も最初は隠れておったのじゃが、そのうち「なぜこっちがこそこそせねばならん」と思うようになってな。

「——小娘よ、お前ずっとそこで何をやっておる？」

ある日、そう声をかけてみた。

娘は儂を見て驚きつつ、こう言った。

「部屋に居ても一人だし、どうせ一人ぼっちなら部屋の外に出てみようと思ったんだけど」

——あなたもいたんだね。

娘は病を患《わずら》っていた。うつるかもしれんと人から避けられ、ずっと部屋に一人きりだったところを、人目を盗んで出てきたらしい。

それからもあの子はたびたび来て、話をしてくれるようになってな。あれは楽しかったのう……。

その中でこっそりあの子が持ってきて、おすそ分けをしてくれたのがこの菓子じゃ。

——何？　「わらび餅」というのか。「わらび餅」、ふむ、もう忘れんぞ。

とにかくこのわらび餅はとっておきのご馳走だったそうでな。誇らしげに語る様子は実に微笑ましかった。

——ああ、おかげで思い出してきた。

あるとき、その娘はこう言ったのじゃ。

「私、カワウソさんが羨ましい」

「え？」

「そんなに速く、思う存分泳げていいなって。私、この体のせいで泳いだことないの。いっぺん、綺麗な水の中を泳いでみたい」

「……体を、治せばいいじゃないか」

なんと呆れたことじゃろう。なんと無神経な言葉じゃったろう。今思い出しても、情けなくて仕方がない。他に何か言うことがあったろうに。

もしやり直せるのなら、他の言葉がかけられるのなら。そう思わずにはいられん。いられんのじゃ。

娘は儂の言葉に、静かな目で言った。

「体が良くなったことなんてないもの。多分できないよ」

「阿呆が、時間はまだまだある。今から諦めてどうするんじゃ」

青二才の儂が言った言葉に、娘は目を丸くして——笑った。

「お前が泳げるようになるまで、ここは儂が守ろうぞ。この綺麗で静かな池のまま。お前が水の中に入れるようになったら、一緒に泳ごうぞ」

——……うん！　約束ね、カワウソさん。

——おう、約束じゃ。

◇◇◇◇◇

「もう、ずっとずっと前の話じゃ。老いて、河童になり、こうして体も弱り……だんだんと記憶が薄れていってな。……怖かったのじゃ、記憶の中の娘の顔が薄れていくのが。思い出したかったのじゃ、どうしても」

どうしても——たとえ、思い出すのが、痛くても。

痛さよりも、忘れてしまうことの方が、もっともっと辛い。確かに過ごした大事な時間や記憶が、自分の中から消えてしまうのだから。

きっと長老さまは、そんな気持ちだったんじゃないだろうか。

「人神さま、猫神さま、八咫烏……そして人間の娘よ。まこと、恩に着る」

「いえ。お役に立てて、何よりです」

長老さまが私たちに深々と頭を下げる前で、神威さんが軽く会釈を返す。それに私たちも倣《なら》って頭を下げていると、翡翠さんが「ところで長老さん」と言いながらぴょこんと顔を上げた。

「僕たち、人……というか、神様探しをしててさ。この隠世にいるって聞いたんだけど――」

「その娘さんの、呪紋の主のことじゃろう？」

間髪容れずに長老の方からそう言われ、私たちは揃って目を見開いた。

「おや、随分お話が早い」

翡翠さんがぱちくりと目を瞬かせ、首を傾げた。

「その呪紋と娘さんから感じる気と同じ気を持った『神堕ち』が、お前さんらがやって来る数刻前に訪ねてきたからのう」

「え」

私は思わず身を乗り出す。呪紋をかけた神堕ちが、この長老さまにコンタクトを？

「ああ。それで、頼まれごとをされてな」

「頼まれごと」

眉間に皺をよせ、神威さんが長老さまの言葉を繰り返す。

「そうじゃ。『数刻後にここへやって来る一行がいるが、自分の居場所は知らせんでほしい』とな」

「くそ、先手打たれてたか」

神威さんが頭を抱える横で、私は恐る恐る長老さまに向かって口を開く。

「あ、あの、そこを何とか教えてもらう訳には……？」

「できないでしょうね」

ダメもとでお願いしようとした私の言葉を遮るように、目に手を当てて嘉月さんがぼやく。狼狽えながら私が神威さんを見ると、彼もまた同様、嘉月さんと同じ姿勢をしていた。

「神堕ちは、神籍を剥奪されたとは言っても、神様は神様。あやかしよりは立場が上なんです」

「な、なるほど」

こそこそと嘉月さんに耳打ちされて、私はこくこくと頷いた。

「教えてやりたいのはやまやまなのじゃが、儂としてもあれは敵に回しとうない相手じゃったからの」

河童の長老さまはしゅんと下を向きながら、「すまんのう」とひたすらに謝ってくる。

手がかりが目の前で閉ざされたことには落ち込むけれど、長老さまに謝らせるのは申し訳ない。私は慌ててふるふると頭を振った。

「い、いえ、そんな。あなたが謝ることじゃありません。こちらこそ巻き込んで申し訳ないです……」

「ところで、なんで『敵に回したくない』んですか？」

恐縮する私の隣で、むっすりとした表情のまま神威さんが尋ねる。質問を受けた河童の長老さまは、ぶるりと身を震わせた。

「あれは相手にしてはいかん。あれは……あれは……恐ろしい」

「そんなに怖い相手だったんですか」

神威さんの言葉に、長老さまは深々と頷く。

「たいそう美しく、恐ろしい神堕ちじゃった。そして……」

もう一度、身を震わせる長老さま。

「とてつもなく強い、邪気と『負の気』をまとっておったのじゃ」

「『負の気』、かあ」

ふむ、と翡翠さんが考え込む。

「あの、一つ聞いてもいいですか」

ひょいと手を挙げた私に、河童の長老さまが「なんじゃ」と首を傾げる。

「さっき私たちが『人探しをしてる』って話したときに、『その呪紋と娘さんから感じる気と同じ気を持った神堕ちが訪ねてきた』っておっしゃってましたよね」

「うむ、確かにそう言うたな」

「それって、呪紋からだけじゃなく、私からもその気が感じられるってことですか？」

まさか、もう全身に呪紋の気が回ってるとかだったらどうしよう。そう思って、聞いてみたのだけれど。

「うむ、そうじゃ。お前さん、その神堕ちとすでに会《お》うとるじゃろう」

「……え？」

返ってきた意外な言葉に、その場に居た全員から突き刺さるような視線を受けることになったのだった。

◇◇◇◇◇

「で？　本当に来るのか」

「神威、顔が怖いよ」

夕暮れ時の、青宝神社の鳥居の下。顔を思いっきりしかめている神威さんの肩をぽんぽんと叩き、翡翠さんが苦笑する。

「そんなんじゃ、これから来る子が怖がっちゃうじゃないの」

「そりゃ、願ったり叶ったりだな。翡翠は甘いんだよ」

ため息とともに神威さんから発された辛辣な言葉を聞き、私は頭を抱える。

もしこれで本当に『彼女』が来たのなら、私は……。

「おや、そろそろ来ますね」

千里眼で見えたらしい嘉月さんが眼鏡を押し上げながら口を開き、私はその場に硬直する。

「……そうですか」

「しっかし、まさかあいつだとはな。俺も落ちたもんだぜ、全然気づかなかった」

私の隣で「悪いな」と髪をがしがしかく雷火さんに、「本当にな」と白い目を向ける神威さん。

「何のために、彩梅と行動を一緒にさせたと思ってる」

「人神お前な、そろそろ本気でめんどくせえぞ」

「あ、あのお二人とも」

ああ、本当にこの二人、相性が悪い。またも言い争いを始めそうな神威さんと雷火さんを押しとどめようとしたそのとき。

「――彩梅」

背にしていた鳥居の向こう側から、ふと聞き慣れた声が聞こえてきた。

それとともに、私は思う。なんで今まで、気づかなかったのだろうと。

　いつしか頭の中で聞こえてくるようになった女の人の、凛とした涼やかな声は、私の友達のものと、とてもよく似ていたのに。

「……澪」

「お招き、どうもありがとう」

　私が大学で友達になった美しい女の子は、昼間見た白いTシャツとジーンズ姿のまま、静かに笑ってそこに立っていた。

　そしてそのまま動かず、私をじっと見つめてくる。

「ええとあの、澪、突然呼び出してごめんね。ちょっと聞きたいことがあ――」

「どうして」

　強い口調で遮られ、私の言葉は宙に浮いた。

「どうしてこのタイミングで、私だって分かったの」

「分かったのって……」

　私が口ごもると、「決まってるでしょ」と澪は片方の唇だけ上げて微笑んだ。

「あなたに呪いをかけた『神堕ち』が、私だってこと」

「……あんたがあの呪紋の原因か」

　私の隣で神威さんが盛大な舌打ちをし、動き出そうとする気配がした。私は慌ててその袴の裾を引っ掴む。

「ちょ、神威さん、待ってください」

「何で止める」

「私の問題だからです」

私はそう言って、澪に視線を向け直した。

「河童の長老さまから聞いたの。私たちが来る数刻前、『これから訪ねてくる一行たちに、自分の居場所を教えるな』って言いに来た神堕ちさんがいたって。それって、私がカワウソ河童たちに会いに行くことをどこかで聞いて、事前に知ってないとできないことでしょう？」

「ああ、確かにあんときゃ、すぐこの子に声かけられたっけな」

昼間の大学での会話を思い出して、顎に手を当ててうんうんと頷く雷火さん。その一方で、澪は心なしか肩を落としたように見えた。

「なるほどね」

ため息交じりにうなだれ、彼女は頭を抱えた。

「しかし本当だ、『負の気』持ってるねえ、お嬢さん」

いつもの柔和な笑顔のまま、翡翠さんが前に進み出る。対する澪は特に動じる様子もなく、鳥居の内側へしずしずと足を踏み入れてくる。

「たくさんの者を救ってきた猫神さまも、気づかなかったみたいね」

「そりゃそうでしょ。だってその『負の気』、本当につい最近になって膨らんできたものだものね」

にこにこと言い放つ翡翠さんの言葉に、澪がぴくりと片眉を動かす。張り詰めた空気に、私はあたふたと口を開いた。

「あ、あの」

言葉が続かずに固まってしまった私を見て、澪がふっと微笑みを見せる。

「そんなにカチコチに固まらなくても、今すぐ呪い殺そうと思って来てる訳じゃないわ」

「ふざけるな。許さないからな、絶対に」

「人神は黙ってて」

神威さんの言葉に、澪が微笑みを消して彼をキッと睨みつけた。

「私、あんたのこと大っ嫌いなの、昔から」

「は？」

神威さんの顔がますます不機嫌になる。いくら何でもこれはまずい。

「まあまあ、ここは一時休戦と行きましょうや、姐《ねえ》さん」

ぽんと澪の肩を叩き、不敵な笑みを浮かべる雷火さん。心なしか、澪がひるんだような顔をした。

「もう正体も分かってるんだし、いいよな？　あのまじない使って」

「そうですねえ」

雷火さんの目配せに、大きなため息をついて同意する嘉月さん。彼は咳払いをして、こう唱えた。

「――『誰そ彼時に、通りゃんせ』」

そう唱えられた瞬間、澪の姿が変わってゆく。

「あら、せっかく化けてたのに姿戻されちゃった」

クールビューティーな綺麗な顔立ちに、涼しげな目元。その小さな顔を縁取るのは、ショートカットに切り揃えられた黒髪。すらりとした肢体に白い肌、黒の地に銀刺繍を施した着物がこの上なく似合う『神堕ち』が、そこに居た。

「『戻されちゃった』っつっても、顔も声も一緒じゃねえか。全然化けられてねえぞ」

「野暮な男はモテないわよ、雷火さん」

「んだとこの女」

「ま、まあまあ」

今度は澪と雷火さんの言い合いが始まる。雷火さん、誰とでも言い合いになるな。

「……さっさと行くぞ」

不機嫌そうに一言だけそう言って、神威さんはさっさと歩き始める。

「あ、待ってください！　ごめんね澪、来てもらってもいいかな」

「もちろん」

意外とすんなりついてきてくれる澪を引き連れ、私は慌てて彼の後を追ったのだった。

◇◇◇◇◇

「――さて」

レストラン『招き猫』のソファー席に座り、出された急須の玉露を一口飲んで落ち着いた澪が、口を開く。私はといえばカチコチに緊張して、テーブルを挟んで向かい側のソファーに冷や汗をかきながら座っていた。

「改めまして、私があなたに呪紋を発現させた神堕ち、『御夜』よ。私の正体を見破れたこと、褒めてあげる」

「は、はい」

「ほんと何なんだこいつ、急に偉そうになりやがって」

恐縮する私と、隣でそっぽを向きながら肩を竦める雷火さん。

澪、もとい御夜はすっと目を細めて雷火さんをねめつけた。

「ところで、なんであなたがいるのかしら。私、彩梅と二人きりでお話ししたいのだけど」

今この場に、私と御夜と雷火さん以外はいない。御夜にメニューを触らせた後、神威さんたちは厨房へ行った。ちなみに翡翠さん曰く、白寿は御夜が苦手で出てこないそうだ。

「そいつはできねえ相談だ。何しろ、俺のことを敵視してるあの人神サマに頼まれてっからな」

「はい？　何をですか？」

からからと笑って手を振る雷火さんに、私は思わずそう聞いた。

「神威が料理を作ってる間、彩梅に何か起こらねえよう見張っとけってよ。あいつに貸しを作っておけるんだ、いい話だろ」

「は、はあ……それはすみません」

完璧なウインク付きでそう言われ、戸惑うしかない私。今の、ウインクする必要性はどこにあった。

「見張っとけ、ね。笑っちゃうわ」

ぼそりと御夜が呟き、私は慌てて彼女に向き直る。そうだ、こんなことをしている場合じゃなかった。

「あ、あの。御夜、さん」

私が恐る恐る呼びかけると、彼女は目を丸くして首をかくんと傾げた。

「あら、呼び捨てでいいのに。学校ではそうなのだし」

「た、確かに……じゃ、じゃあ御夜で」

「うんうん、それでよし」

心底満足そうに頷く御夜。この状況も慣れないけれど、彼女が何を考えているのかが読めなくて、私は距離感を測りかねていた。

「で、なあに？」

「ええとあの、私の小指に呪紋を発現させたのって、あなたなんですよね」

「そうよ」

笑顔でバッサリ言われ、私の背中に緊張が走る。

「……これ、契約を破ったときに出てくるモノだって聞いたんですけど」

「そう、その通り。よく知ってるじゃない、覚えてないくせに」

「俺様が教えたんだ、感謝しろよ」

ふふんとどや顔で足を組む雷火さんに、御夜がしかめっ面をしてみせる。

「雷火、私やっぱりあんた嫌い」

「んだと」

そっぽを向く御夜に、噛み付く雷火さん。ああ、話が一向に進まない……！

「ええとあの、私、何の契約を破ったんでしょうか」

やや声を張ってそう口に出した私を、御夜は表情の読めない綺麗な黒い目でじっと見返してくる。そのまま数秒間たっぷり、流れる沈黙。

「……ええ、現在進行形で破ってるわね」

ぽつりと彼女が言った言葉は、答えになっていなくて。どういうことか聞き返そうとしたとき、厨房の方からがやがやと声が近づいてきた。

「お待ちどおー！」

そう言いながら、レストランの店員姿の翡翠さんが、同じ格好の神威さんと嘉月さんを従えて元気いっぱいに入ってくる。

「ん？　なにこの空気」

「猫神、お前空気読めよ……」

一人呑気な様子の翡翠さんに、雷火さんが額を手で押さえる。それに対し、「何が？」とあっけらかんとした様子でテーブルに皿を置く翡翠さん。

「さて、お二人とも召し上がれ。餡たっぷりの月餅だよ」

「……二人？」

翡翠さんの言葉に、私は首を傾げる。なぜに複数形？

「そう。彩梅ちゃんと、御夜さんの分」

ますます首を傾げる角度が深くなる。なぜ私も入っているのだろう。

「彩梅さん、彩梅さん」

そんな私にひそひそと耳打ちしてくる嘉月さん。

「この前、レストランで中華料理を振る舞ってもらったとき、あなた食べてなかった料理があったんですよ」

「食べてなかった料理……？」

私はそう言われて、はっと思い出す。

「あ」

「あんたあのとき、食べ切らずにぶっ倒れたからな」

嘉月さんの隣から、むすりとした表情の神威さんが現れる。

「そういえばそうでした……」

そうだ、前回このレストランで神威さんに料理を作ってもらった私は、食べている途中で倒れてしまった。

そのときの夢で前世の記憶の一部を思い出したのだけど、確かにあのとき、唯一食べていなかったのが、デザートの月餅だった。

「と、いうことは」

私はしばし考え込む。この前、料理を食べても『神堕ち』との契約内容が思い出せなかったのって……。

「完全に私の落ち度ですね？」

せっかく神威さんが作ってくれたのに、食べ切れていなかったから全部を思い出せなかったなんて。私ががっくりと肩を落としていると、翡翠さんが「まあまあ」と言いながら私の肩をぽんぽんと叩いた。

「君の前世、情報量多いからね。一気に思い出すには、体が耐え切れないって判断したんだろうねえ」

「いや、そういうもんなんですか……？」

「うん、そういうもんだよ。仮にだよ、人間が全ての記憶を保持できる生き物だとしよう。辛いことも忘れたいことも全部、覚えてなきゃいけない——そんなの、潰れちゃうじゃない？　『忘れること』って、ときには自己防衛になることもあるんだよ」

「……だから嫌だったんだけどな。あんたに負担がかかるから。ったく、なのに雷火が勝手に話すから……」

翡翠さんの言葉に被せて、大きなため息とともに神威さんの声が聞こえる。私が顔を上げて彼の方向を見ると、気まずそうに私から視線を逸らした。

「何をごちゃごちゃ言ってるの。ただの月餅でしょ」

御夜がひょいとお皿から一つ、黄金色に焼き上げられた月餅を手に取る。

「ほら、彩梅も」

「は、はい」

御夜からずいと皿を寄せられ、私も恐る恐る月餅を手に取った。

これを食べれば、思い出せる。前世の私が、神堕ちと何を契約したのか。そして、何の約束を破ったのか。

そう思うと、手が震えてきた。分からないけれど、直感的に、思い出してはいけないものを思い出してしまう気がする。

だけど。これを食べないと、何も解決しないのだ。

「い、いただきます……！」

そして私は、月餅を一口齧った。

多彩なフルーツの砂糖漬けと、ナッツが入った木の実餡の月餅。しっとりした木の実餡を、月餅の薄い生地が包み込み、一口一口噛むごとに甘みが滲み出てくる味だ。フルーツはレーズンや杏などのドライフルーツだろうか。しっかりと噛み応えがありジューシーで、香ばしい皮とこれ以上なく合う――。

しばらく堪能していると、記憶を揺さぶるような感覚がまたやってきた。

神威さんの『思い出のメニュー』を食べるとやってくる、あの感覚。

私は走馬灯のように思い出す。

遠い遠い昔の、とある女性の、物語を。

◇◇◇◇◇

「ようこそ、お参りくださいました。……翡翠、あとで説明を寄越せ」

「白露、ガラの悪さ出ちゃってるよ」

そんなことを言って、ぼろぼろの私を神社に受け入れてくれたのは、一人の人神さまと、猫神さまでした。誰よりも美しく凛と立つ、憂い顔の麗人の人神さまに、人懐っこい笑みをたたえる猫神さま。

「あ、あの……」

しどろもどろに口を開きかけた私を一瞥して、その人神様は言いました。

「その体、碌《ろく》に食べてないな。来い、食わせてやる」

「だから白露、怖がってるからその口調やめたげてってば。ごめんねえ、不器用な奴なんだ、この子」

「誰が不器用だ」

そんなことを言い合いながら、二人が用意してくれたのは、これまで見たこともないような、机いっぱいに並べられた異国の料理。

「――こんなの、食べたことないです」

間違いなく、人生で一番、美味しいご飯。

誰かと話せることが、こんなに嬉しいなんて。誰かと一緒にご飯を食べることが、こんなに幸せなことだなんて。

嬉しさを噛みしめる私の前で、咳払いをして口を開く人神さま。そして彼が言った言葉に、私はびっくりしたものです。

「……なあ、今人手がちょうど足りなくて困ってたんだ。行く当てがないなら、ここにいるってのはどうだ」

「おやまあ白露くん、どういう風の吹き回しで」

「お前は黙ってろ、好きにしろって言ったじゃねえか」

「だって楽しいじゃないの」

「面白がるな。引かれるだろう」

そう言い合う彼らは、本当に仲が良いのが伝わってきて。

もし、ここに居ることができるのなら。もし、こんな自分を受け入れてくれる場所が、あったのなら――。

「い、いいのですか」

「いいもなにも、こっちから勝手に言ってるんだ。い、嫌だったら断っても……」

「い、嫌ではないです！　お願いします……！」

そう深々と頭を下げ、恐る恐る顔を上げると。

「……ありがとう。こちらこそ、よろしく頼む。鈴蘭」

人神さまの優しいその微笑みに、私は思わず息を呑んでしまったのでした。


後になって思えば、私は、初めての感情と恋に浮かれていたのでしょう。

その感情が、身を焦がし続けるとも知らずに。


「へえ、白露さまって元盗人だったんですか」

青宝神社にお世話になって数年後のある日のこと、私は白露さま本人から、彼の生い立ちとこれまでの話を聞きました。

とある異国から王様の命令で、この地にやってきた青年。青年は宝玉を盗み損ね、この地に居着くことになり。心優しい神様に拾われ、地域の人に尽くすため、人神の力を得て罰として働くことになったという、そんなお話を。

「お前も言うようになったな……」

「すみません、そういう訳では」

狼狽える私に白露さまは苦笑して、「この際、ちゃんと話をしておかないとと思ってな」と付け足しました。

「この際？」

「そうだ。……その」

彼は珍しく目を泳がせた後、「ずっとここに居てくれないかと言おうと思って」と呟きました。

私は嬉しくて嬉しくて、仕方がありませんでした。

こうして私は、鈴蘭は。『あやかしに愛される呪われた娘』は、人神と添い遂げることになったのです。

ですが、その物語はめでたしめでたしで終わりませんでした。

もともと短命だったその人神は、自分の許容量以上に、人を救うため神力を使いすぎていて、代わりに、命を削ってしまっていたのです。

自分の痛みを顧《かえり》みず、自分の身を顧みず。自分の痛みに鈍感な者が食らう、いつか限界を迎えたときの爆発。

そしてそれを知った私は、心を痛めました。それはそれはもう、心を痛めました。

――あの人が死んでしまうのなら、私ももう、生きていけない。

そう思ってしまうほどに、いつの間にか私は恋に身を焦がしてしまっていたのです。

そして、日に日に容体が悪くなっていく夫の様子に、どんどん心が弱っていきました。

幸か不幸か、私はあやかしたちと話をすることができました。

何とかできないのかと、彼らから情報収集を積み重ね、ある日知ったのです。

『生命の均衡』を維持する神が、ある森の中にひっそりと住んでいることを。

「あんたのことならよーく知ってるわよ、有名だからね。……こんなところまで、よく来たわねえ。もう私の存在を知っている人間なんて、ほとんど存在しないはずなのに」

手をかけて作った月餅を供え物として持参し、その噂の『神様』の元を訪ねました。

神様は『御夜』という名前で、美しい女性の姿をしていました。

「もし、可能なら、教えていただきたいのです。夫の寿命を延ばす方法を」

「……ふうん」

神様はしばし考え込み、ニヤリと唇を吊り上げました。

「いいわよ。ただし、タダという訳にはいかないけれど」

「もちろんです。私が差し出せるものなら、何なりと」

「あんたの寿命と引き換えだと言っても？」

「え……」

「身の程知らずのお嬢さんね。物事には対価ってものが必要なの。私だって無限に寿命を与えたり縮めたりなんてできないのよ。ま、今の場合、あなたの寿命をあなたの夫に分けて、あなたの寿命を短くする代わりに、夫の寿命を長くするってことになるけど。いいのかしら？」

「お願いします」

　私は間髪容れずに答え、相手の目が丸くなるのを見ました。

「こんなに即答だなんて……本当に、覚悟して来たのねえ。いいわ、あなた気に入った。私ももう退屈してたし、締めに相応しいわ」

　そんな謎の言葉を言って、彼女は私に小指を差し出しました。

「これは契約、これは約束。私があなたの願いを叶えましょう。代わりに一つ、約束をして頂戴な」

「約束、ですか」

　私が問い返すと、その美しい神様は微笑みました。

「そう。私はそう易々《やすやす》と、人の願いは叶えない。私の方も覚悟が要るの。その分よ」

「……何をすれば、いいですか」

「そうね。まずはこの月餅、一緒に食べて頂戴」

「え、はい。私でよければ」

　お安い御用です、と私は頷きました。神様は涼やかな声でころころと笑い、「あと一つはね」と続けました。

「人っていうのはね、この世界では輪廻転生を繰り返すものなのよ。そして、中には前世の記憶を思い出す者がいるの。あなたもいつか、その特性を持ったまま生まれ変わって、そしてきっと今の記憶を思い出すことになる」

「う、生まれ変わっても、ですか？」

「そうね。あなた、可哀想に選ばれちゃった側の子だもの」

不敵に微笑み、彼女は頷きました。

「だからね。私のこと思い出して、会いに来てほしいのよ。本当に簡単なことだと思うの。だって、あなたはいつか必ず思い出すんだから」

「……分かりました。約束します」

私はしっかりと頷きました。

「ふふ、契約成立ね」


こうして、人神は一命を取り留めました。

一方、妻は契約を結んだ彼女と折々に顔を合わせ、いつしか友人となりました。

やがて夫婦は、二人揃って同じ日にこの世を去ることになりました。残りの寿命を、妻が夫に半分分け与えたからです。

その結果、神様は自分の『覚悟』の対価を払うことになりました。『自分の私的な事情で生命のバランスに関わったこと』により、人知れず神籍を剥奪されたのでした。

そうして彼女は、隠世に移り住み、約束が果たされる日を、ずっとずっと待っていたのです――。

◇◇◇◇◇

私は、たびたび頭の中に聞こえていた声を思い起こす。

そうか、私、約束したのに。

『――なぜ、なぜ、私だけ』

前世の記憶の断片を、会っていた人たちや神様のことを、少しずつ思い出していたのに。

例えば神威さん、翡翠さん、白寿に雨童。前世で関わりのあった人や神様やモノたちを思い出したり、関わったり。そうして繋いでいた関係を取り戻した中で、御夜のことは思い出せていなかった。だから、あの声は『なぜ、私だけ』と言っていたのだ。

『早く、早く、思い出しておくれ』

御夜のことを、恩人の神様のことだけを、思い出せないまま、待たせてしまったのだ。

「……め、彩梅！」

がくがくと肩を揺さぶられて、私ははっと目覚める。気がつくと、神威さんの顔が至近距離にあった。なんか、前もこんなことあったような。

「大丈夫か」

心なしか、神威さんがいつもより焦っているような。そう思いつつ、私は恐る恐る頷く。

「だ、大丈夫です。色々思い出してしまいまして」

いつの間にか涙が頬を伝っていた。それをさっと拭《ぬぐ》って、私は一息ついて、手元に置いてある湯呑の中の玉露を飲む。中身は煎《い》れ立てのような熱さだったから、まだ時間はそう経っていないらしい。

「ええとあの、御夜さんは」

慌ててテーブルの向こう側を見て、私はぎょっとする。

「わ、私はなんて逆恨みを……」

「まあまあ落ち着いて、美味しいお茶でも飲みなさいな」

「お代わりもありますから」

御夜は、めちゃくちゃ号泣しながら翡翠さんと嘉月さんに宥められていた。

「あっちもあっちで混乱してるな」

私のすぐ隣で盛大なため息が聞こえる。

「……あれ？　というか神威さん、いつからここに⁉」

「さっきからいたぞ。何を今更」

フンと鼻を鳴らされ、私はしおしおと小さくなる。ああ、穴があったら入りたい。

「……雷火さん」

「お、なんだ」

神威さんと反対側の隣にいる元神様に、私はのろのろと話しかける。今は神威さんと直接顔を合わせて話せるメンタルではない。

「お、思い出しちゃいました色々」

「ほう。そりゃまあ、そっち見て話せんわな」

いつもと変わらない様子で相槌を打ってくれる彼に安心しつつ、私は頷く。

「全部私の暴走のせいでした……！」

前世の自分のしでかしたことを思い出し、私の目からどっと涙が出てくる。

思い出してしまったのだ。大切な人が自分の元から永遠に去ってしまうかもしれない恐怖、恐怖に負けて御夜を巻き込んでしまった自分。心が折れかけていた、過去の自分の気持ちを。

「お、落ち着け落ち着け。つーかやっぱり人神に直接話してやれ、俺まだ死にたくねえ」

「し、死ぬ？　何でですか？」

「さっきから人神の視線が痛くて死にそう」

おおこわ、と言いながら雷火さんが身震いする。それと同時に肩をがしりと掴まれ、私はその手の主の方向を恐る恐る振り返った。

「俺には話せない話か？」

「ひい……！」

神威さんがにっこりと、今まで見たこともないような天使の顔で微笑んでいる。

普段真逆の顔をしているだけに、とてつもなく怖い。

「俺、ちょっと手洗いに」

「え、ちょ、雷火さん？」

雷火さんは目にも留まらぬ速さで立ち上がり、レストランの奥の方へ消えてしまった。

お、おのれ、逃げやがったな……。

「よし、これできっちり話ができるな。やれやれ」

「全然やれやれじゃないです……」

せいせいしたと言わんばかりの神威さんの横で、私はがっくりと肩を落とす。いったいどういうスタンスでどこから話せばいいのやら、としばし思考する。

「……ん？」

そして気づいた。

「ひょっとして神威さん、最初から私のことは全部知ってたんじゃ……？」

「ん？　今更気づいたのか」

あっけらかんと頷かれ、私は絶句する。

そうだ、神威さんの能力は『人の記憶と思い出のレシピを読み取って、再現する』力。

つまり、私が逐一思い出した記憶を報告しなくても、この前レストランに行く前、何気なく嘉月さんから手渡されたメニューに触れたあのときに、全部把握していたということで。

「す、すみませんでした……！」

あまりの恥ずかしさに、思わず土下座しかける私。

「待て待て、何やってんだ座ってろ」

「いえ無理です！」

「……私も話したいことがあるんだけど、いいかしらそこのお二人さん」

正面から涙まじりの声がして、私と神威さんは固まった。

見れば、涙を拭いつつ、お茶をごくごく飲んでいる御夜の姿がそこにあって。

「私ね、彩梅に謝らなきゃいけないことが……あって……」

「ほら落ち着いて御夜さん、深呼吸深呼吸」

翡翠さんの言葉に、御夜がこくこくと頷く。

「私ねえ、あなたのこと、利用してたのよ」

「い、いいえ、あのときそんな素振りは全くなかったですけど。むしろ、私がお願いしに行ったんですし……」

私は思わずぶんぶんと頭を振る。そう、無謀な願いをしに行ったのはこの私だ。

「違うのよ。私、あのとき実はもう、神としては消えかかっていたときで……とっても怖かったの。寂しかったの。誰の記憶にも残らず、消えてしまうことが。誰とも繋がれずに、消えることが」

そんなときにあなたが訪ねてきたの、と御夜は声を絞り出した。

「私の存在を認識して、しかも足を運んで会いに来るような人間は、もうあなたが最後じゃないかと思った。だとしたら、もしあなたがこの世から消えれば、私も消え去る運命。それならいっそ、神堕ちとなって来世のあなたを待つのも悪くはないと、思って。私は寿命を司る神だもの。自分の終わりくらい、自分で決めたかった」

ぽつりぽつりと、御夜が言う。

「私はね、誰かと繋がりたかったの――深く、深く。契約していれば、約束していれば、繋がっていられる。一人じゃないと感じられる。独りぼっちは、寂しすぎる。だからあなたに、月餅を一緒に食べてくれとお願いした。だからあなたに、契約を持ちかけた」

独りぼっちは、寂しい。

それはとてもとても、よく分かる。特に、前世のあの孤独を思い出した私には。

「一人の時間が欲しい」とは、よく言われるフレーズだけれど。それは人に囲まれる生活が『普通』になっている者の言葉だ。本当の孤独を知らない者の言葉だ。

本当の本当に独りは、寂しい。

誰の記憶にも残らないのは、誰とも繋がれない自分は、とてつもなく寂しい。

河童の長老さまが言っていたように、自分の存在というのは、他者によって認知されて初めてしっかりと実感できる。それがない心許なさは、身に染みてよく分かっていた。

「……なのに、そんな自分勝手な都合で約束を取りつけて、あまつさえそれを破られたと逆恨みして、呪紋まで発現させた。本当にごめんなさい。大学で同級生として居座っていたのも、私があなたに気づいてほしくて勝手にやったこと。……驚かせて、本当にごめんなさいね」

そう言って彼女は私に向かって手を伸ばし、「左手を」と言った。

恐る恐る手を差し出すと、彼女はすっと私の左手の蔦模様に手を滑らせる。

「あ、模様が消えた」

私はじっくりと小指を曲げ伸ばしする。痛みも模様も、きれいさっぱりなくなっている。

「ええ。もう約束は果たされたもの。……ごめんなさいね、私の都合で」

「え、いや、むしろ謝るのは私の方で……！　すみませんでした」

私はがばりと頭を下げる。

「人の寿命は、誰にでも等しくやって来るものです。それを自分勝手な願いで叶えようなんて、してはいけませんでした」

そう。大切な人には、長生きしてほしい。誰だって、長生きしてほしいのだ。

だけど、いつまでも一緒にいられる保証はない。誰だってその無情さをいつも身近に感じつつ、生きているのに。

前世で私は願ってしまった。いや、今だって浅ましく願ってしまう。どうか、自分の大切な人が長生きしてほしいと、いつまでも生きていてほしいと。

いつまでも、自分の隣で笑って、生きていてほしいと。

「いいえ、その願いは誰だって持つものよ。まあ私にとって驚きだったのは、あなたがあまりにも自分の寿命を差し出すことに躊躇いがなかったことかしら」

顔を上げて頂戴、と御夜の優しい声が響く。

「普通はねえ、もっと考え込むのよ。そしてほとんどの人間が、近づいてくる死に怯え、自分自身の生を優先する。あなたちょっと怖いわ、自分の痛みに鈍感すぎて」

「……まったくだ」

神威さんの深々としたため息が聞こえ、私は更に身を縮こまらせる。

「寿命を縮ませた張本人の私が言うのもなんだけれど、今世は長生きしなさいよ」

「は、はい」

「それから私、これからも人間に化けて大学生活楽しむ予定だから、あなたには元気でいてもらわないと困るのよね」

なんと。私が目を見張ると、彼女はにこりと笑みを深めた。

「おう、俺も行くからよろしくな」

「あんたは別に要らないわ」

いつの間にかひょっこり戻って来た雷火さんにノールックで辛辣な答えを返し、『澪』が私ににっこりと微笑む。

「これからもぜひ、友達としてよろしくね。一緒に食べたいものもやりたいことも、たくさんあるし」

「な、何なりと……」

私はそう言いかけて、思い返す。

目の前にいるのは、前世の恩人の御夜であると同時に、現代の私の友人、『澪』でもある。色々すったもんだあったけれど、私にとって彼女は、間違いなく一緒に時間を積み重ねてきた大切な友人で。

私の頭の中に、これまで『澪』と過ごした時間が蘇る。アイスを食べに行ったり、授業を一緒に受けたり、何気ない会話で笑い合ったり。あの時間が私と彼女を繋いでいて。

そう。これまでも、彼女は私の大切な友人であることは変わりない。

「こちらこそ、これからもこれまでも変わらず、ぜひ仲良くしてほしいな。改めて、よろしくね」

まっすぐ友人の目を見つめてそう言うと、御夜は少し目を見開いた。

「うんうん、よろしくね！」

「ぐえ」

がばりと御夜に抱きつかれ、私は思わず潰れた声を上げる。

御夜に潰される私と、「よろしくせんでいい」とむっすり呟く神威さん、「俺の扱いがひどい」と打ちひしがれる雷火さん。

「何ですかね、このカオス空間は」

「僕としては腑に落ちたから満足かな。嘉月、後で御夜さん送り届けてあげてねー」

「ちょ、翡翠くん？　最近僕タクシー代わりになってませんか？」

そんな翡翠さんと嘉月さんの声をバックに、夜は更けていくのだった。

◇◇◇◇◇

夜の十時半。

御夜も帰り、三日月が天の高いところに昇り、街灯と民家の灯りが、蛍のように道を照らす。

私はぼんやりする頭を抱えたまま、頭を冷やそうと屋敷の屋根の上で星空を見ていた。

眼下には夜の尾道の風景が見える。

「こんなところにいたのか」

いたわるような声が後ろからして、私は振り向く。

私が使った頑丈な梯子《はしご》を伝って、神威さんが身軽にひょいひょいと屋根へ上り、私の隣に腰掛けた。

「……神威さん」

「うん？」

その「うん？」の言い方、結構好きだ。短いけれど柔らかい、こちらに体を向けてくれるかのような温度感の言い方が。

「気、遣わなくていいですからね」

「別に遣ってないけど」

「いや、遣ってますよ十分。普通、屋根まで上ってきませんし。神威さんはとことん優しい人ですね」

こういうところなんだよなあ、とぼんやり思う。これでは惚れる人が後を絶たないに違いない。だって好きになってしまうもの。

だけど。前世は前世、今世は今世。記憶を取り戻しはしたけれど、違う人生だ。

雷火さんだって言っていた。一度死んだ者は、決して戻らない。

私も神威さんも、あのときとはもう違う人間なのだ。

そう思わないと……もしかしてなんて、あわよくばなんて、思ってしまうじゃないか。

分不相応に、期待してしまうじゃないか。

そんなのは神威さんに迷惑がかかる。そして私は。

拒絶されるのが、怖い。

だからもういっそのこと、気なんて遣わないでほしかった。

……我ながら何て面倒くさい思考回路！　そんなことをぐるぐる考えていたものだから、神威さんがじっとこちらを見ていることに気づくまで、だいぶ時間を要してしまった。

「あのな。念のため、勘違いをしないでほしいんだが」

ごほんと咳ばらいをし、複雑な表情で神威さんがわしわしと髪をかきながら口を開く。

「誰にでもこういうことをする訳じゃない」

「……はい？」

「少なくとも、他の女性にはやってない」

だから何をだ。謎の言葉に、私は眉を顰める。

「な、何が言いたいんですか？」

「……通じないいな」

途方に暮れたような顔で上を向かれてしまった。彼はそのまま考えあぐねるように視線を宙に彷徨わせた後、少し腑に落ちた顔をした。

「俺としては、あんたともう一回やり直すチャンスができて嬉しいってことだ。今世でもまた会えて、本当に良かった」

「そ、そうですね。私も、良かったです……」

そう言われるのは素直に嬉しい。私が頷くと、彼はくつくつと笑って上を見上げた。

「俺は多分、何回人生があっても同じ選択をするだろうから。チャンスは何回あってもいいもんだ」

「……ん？」

一瞬、何のことを言われたのか分からなかったけれど。この文脈でそれは……。

私の思考は完全停止した。

「あ、いたいた、彩梅ちゃん！　まさか屋根の上にいるなんてね」

「夜遅くに女の子が何をしてるんですか！　どこのお転婆娘です？」

「ヌシさま、心配したんじゃぞ」

混乱する私の足元の方から、三人分の聞き慣れた声がする。

私と神威さんが下を見下ろせば、そこには翡翠さんと嘉月さんと白寿がいて。翡翠さんは頭の上に手をかざしてこちらを見上げ、嘉月さんは涼しい目元を更に吊り上げながら腰に手を当てていて、白寿はぴょんぴょんとその場で飛び跳ねている。

「うわあ、これ怒られますかね……」

「安心しろ、一緒に怒られてやる」

そう言いながら、神威さんが私の右手を取って立ち上がらせてくれた。

「二人とも、ご飯食べようよー、流石にお腹空いたよ」

翡翠さんが猫の姿に変化し、駆け上ろうとしてくるのが見えて。

「ただいま戻りますー！」

私は今日も、この新しい家で、この温かい人たちと、食卓を囲むことができる。帰る場所がある。繋がれる場所が、そこにある。それはすごく、幸せなことで。

今の私はきっと、世界一幸せだ。

そう思いながら、私は懐かしい尾道の景色を見つめるのだった。

●謝辞

・手づくりアイスクリーム　からさわ様

作中に登場する店舗の一つにて、モチーフとさせていただきました。ご承諾をいただき、誠にありがとうございました。この場を借りて、お礼申し上げます。

●参考文献、付記

・『尾道の民話・伝説』尾道民話伝説研究会　編

作中に登場する龍王さまの昔話は、『尾道の民話・伝説』に収載されている民話『蛇が池の龍王さま』をモチーフにし、脚色を加えました。

森原すみれ
あやかし薬膳カフェ「おおかみ」
ここは、人とあやかしの
心を繋ぐ喫茶店。
アルファポリス
第3回
キャラ文芸大賞
特別賞
受賞作!
身も心もくたくたになるまで、仕事に明け暮れてきた日鞠《ひまり》。
ある日ついに退職を決意し、亡き祖母との思い出の街を探すべく、北海道を訪れた。ふと懐かしさを感じ、途中下車した街で、
日鞠は不思議な魅力を持つ男性・孝太朗《こうたろう》と出会う。
薬膳カフェを営んでいる彼は、なんと狼のあやかしの血を引いているという。思いがけず孝太朗の秘密を知った日鞠は、
彼とともにカフェで働くこととなり――
疲れた心がホッとほぐれる、
ゆる恋あやかしファンタジー!
◎定価:726円(10%税込)　◎ISBN 978-4-434-29734-2
illustration:凪かすみ

◉定価：726円（10％税込）　◉ISBN:978-4-434-28382-6　◉イラスト:pon-marsh

生贄の娘は、
鬼に愛され華ひらく

天涯孤独で養護施設で育った里穂《りほ》。ある日、名門・花菱《はなびし》家に養女として引き取られるも、そこで待っていたのは、周囲の皆から虐めを受ける過酷な日々だった。そして十七歳の誕生日、里穂はあやかしの「生贄」となるよう養父から告げられる。だが、絶望する里穂に、迎えに来たあやかしは告げた。里穂は「生贄」ではなく、あやかしの帝の「花嫁」になるのだと——

定価:726円(10%税込)　ISBN 978-4-434-29495-2

イラスト:セカイメグル

Yu Hazama
狭間夕
あやかし狐の京都裏町案内人
あやかしきつねのきょうとうらまちあんないにん
あやかしが暮らす
京都へようこそ！

「俺は、話を聞いてやることしかできない、へっぽこ陰陽師だ――。」『陰陽師』など物語の中の存在に過ぎない、現代日本。駒田成喜は、陰陽師の家系に生まれながらも、ライターとして生活していた。そんなある日、取材旅行で訪れた京都で、巷を賑わせる連続行方不明事件に人外が関わっていることを知る。そして、成喜の唯一の使い魔である氷鬼や、偶然出会った地元の刑事にしてエリート陰陽師である鴨怜治と、事件解決に乗り出すのだが……

◉定価：726円（10%税込）　◉ISBN:978-4-434-28986-6

◉Illustration：くにみつ

この作品に対する皆様のご意見・ご感想をお待ちしております。

おハガキ・お手紙は以下の宛先にお送りください。

【宛先】

〒 150-6008 東京都渋谷区恵比寿 4-20-3 恵比寿ｶﾞｰﾃﾞﾝﾌﾟﾚｲｽﾀﾜｰ 8F
（株）アルファポリス　書籍感想係

メールフォームでのご意見・ご感想は右のＱＲコードから、
あるいは以下のワードで検索をかけてください。

アルファポリス　書籍の感想　検索

ご感想はこちらから

アルファポリス文庫

尾道《おのみち》　神様《かみさま》の隠《かく》れ家《が》レストラン
〜忘《わす》れた記憶《きおく》、料理《りょうり》で繋《つな》ぎます〜

瀬橋ゆか（せはし ゆか）

2022年 2月28日初版発行

編集ー本永大輝・宮田可南子
編集長ー太田鉄平
発行者ー梶本雄介
発行所ー株式会社アルファポリス
〒150-6008東京都渋谷区恵比寿4-20-3恵比寿ｶﾞｰﾃﾞﾝﾌﾟﾚｲｽﾀﾜｰ8F
TEL 03-6277-1601（営業） 03-6277-1602（編集）
URL https://www.alphapolis.co.jp/
発売元ー株式会社星雲社（共同出版社・流通責任出版社）
〒112-0005東京都文京区水道1-3-30
TEL 03-3868-3275
装丁イラストーショウイチ
装丁デザインーAFTERGLOW
印刷ー中央精版印刷株式会社

価格はカバーに表示されてあります。

落丁乱丁の場合はアルファポリスまでご連絡ください。

送料は小社負担でお取り替えします。


ISBN978-4-434-29632-1　C0193